# A SINAGOGA
# DOS ICONOCLASTAS

J. Rodolfo Wilcock

# A SINAGOGA
# DOS ICONOCLASTAS

Tradução
DAVI PESSOA

Posfácio
JOCA REINERS TERRON

Título original
LA SINAGOGA DEGLI ICONOCLASTI

Copyright © 1972 by Adelphi Edizioni Sp.A., Milão
Copyright © 2015 by Stefano Bacchi

Copyright da edição brasileira © 2015 by Editora Rocco Ltda.

Direitos para a língua portuguesa reservados
com exclusividade para o Brasil à
EDITORA ROCCO LTDA.
Av. Presidente Wilson, 231 – 8º andar
20030-021 – Rio de Janeiro – RJ
Tel.: (21) 3525-2000 – Fax: (21) 3525-2001
rocco@rocco.com.br
www.rocco.com.br

Printed in Brazil/Impresso no Brasil

coordenação da coleção
JOCA REINERS TERRON

preparação de originais
JULIA WÄHMANN

CIP-Brasil. Catalogação na fonte.
Sindicato Nacional dos Editores de Livros, RJ.

W66s    Wilcock, J. Rodolfo
         A sinagoga dos iconoclastas / J. Rodolfo Wilcock; tradução
         de Davi Pessoa. – 1ª ed. – Rio de Janeiro: Rocco, 2015.
         (Otra língua)
         14 cm x 21 cm

         Tradução de: La sinagoga degli iconoclasti
         ISBN 978-85-325-3007-3

         1. Ficção argentina. I. Pessoa, Davi. II. Título. III. Série.

15-22536                                      CDD–868.99323
                                              CDU–821.134.2(82)-3

# Sumário

| | |
|---|---:|
| José Valdés y Prom | 9 |
| Jules Flamart | 19 |
| Aaron Rosenblum | 25 |
| Charles Wentworth Littlefield | 32 |
| Aram Kugiungian | 34 |
| Theodor Gheorghescu | 40 |
| Aurelianus Götze | 44 |
| Roger Babson | 49 |
| Klaus Nachtknecht | 55 |
| Absalon Amet | 64 |
| Carlo Olgiati | 68 |
| Antoine Amédée Bélouin | 81 |
| Armando Aprile | 85 |
| Franz Piet Vredjuik | 89 |
| Charles Carroll | 93 |
| Charles Piazzi-Smyth | 95 |
| Alfred Attendu | 99 |
| John O. Kinnaman | 106 |
| Henrik Lorgion | 107 |
| André Lebran | 111 |
| Hans Hörbiger | 115 |

A. de Paniagua ............................................................. 119
Benedict Lust ............................................................... 123
Henry Bucher .............................................................. 126
Luis Fuentecilla Herrera ............................................... 130
Morley Martin ............................................................. 136
Yves de Lalande ........................................................... 140
Socrates Scholfield ....................................................... 148
Philip Baumberg .......................................................... 149
Symmes, Teed, Gardner ............................................... 152
Niklaus Odelius ........................................................... 159
Llorenz Riber .............................................................. 163
Alfred William Lawson ................................................ 194
Jesús Pica Planas .......................................................... 200
Félicien Raegge ........................................................... 208

*Posfácio*: Um italiano póstumo de Buenos Aires ........... 213

A SINAGOGA DOS
ICONOCLASTAS

# José Valdés y Prom

Nascido em Manila, nas Filipinas, José Valdés y Prom se tornou conhecido por suas extraordinárias faculdades telepáticas, sobretudo em Paris. Dessa cidade, centro do mundo, a teia de aranha de sua mente ubíqua esticava seus fios instantâneos até Madri, Nova York, até chegar a Varsóvia e Sófia; mas a própria aranha, ou seja, ele, nunca quis sair de sua toca cônica, de seu hiperboloide, de seu apartamento sujo no sexto andar, na Rue Visconti, à margem esquerda: mais de um estudioso de ciências parapsíquicas morreu de enfarte subindo suas sórdidas escadas, o que aumentou muito a fama de Valdés.

A celebrada ignorância francesa de geografia, além de toda e qualquer língua diferente do francês, o transformou em japonês, chileno, papua, siamês, indiano, esquimó, mexicano e português, de acordo com as modas ou com os acontecimentos; igualmente, seu simples sobrenome duplo sofreu metamorfoses dignas quase de um faraó egípcio, de cujo nome a única coisa que se reconhece habitualmente é a primeira letra, ou a segunda, ou a última, para não falar de Sesóstris que assinava como Ramsés.

Assim se explica por que o grande médium é lembrado em Roma pelo nome de Giuseppe Valdez, em Viena por Joss Von Yprom, em Londres por J. V. Bromie e nos círculos gnósticos de Zurique pela versão improvável Jonathan Waldenpromer. Em 1875, duas parcimoniosas condessas de Turim, ambas espíritas, foram reduzidas à mendicância por um seu falso sósia – de Bréscia, e além do mais loiro – apresentado pelo nome de Giosuè Valdes di Promio. Sua fama, como a de Buda e de Jeová, estava para além da ortografia.

Sua fama nasceu, por assim dizer, com a Terceira República. Em 1872, Valdés y Prom havia jogado sua primeira partida telepática de xadrez com o pastor anabatista L. B. Rumford, natural de Tunbridge Wells, e a venceu. Os resultados dessa partida memorável são muito divergentes. É quase certo que os dois jogadores abriram o jogo mais ou menos na mesma hora e no mesmo dia; o que não é certo é o fato de ter sido documentado que o inglês se deu por vencido numa terça-feira e que o jogador de Paris lhe aplicou um xeque-mate apenas na quinta-feira; de todo modo, os movimentos e outras particularidades da partida podem ser lidos na *Edinburgh Review*, o que demonstra a ressonância do evento.

Nos meses e anos seguintes, Valdés y Prom venceu partidas por telepatia em quase todas as capitais europeias providas de telégrafo, e uma em Lublin, cujo resultado, no entanto, se perdeu entre as neblinas transdanubianas porque, em Lublin, o telégrafo ainda não existia. Essas partidas eram, de qualquer forma, extremamente elementares; parece que os antagonistas de Valdés deixavam que ele comesse todas as peças rapidamente e surgiu a dúvida de que o vidente escolhesse sistematicamente adversários que não sabiam tampouco jogar xadrez. O que não tirava o mérito do feito, se pensarmos na complexidade infinita desse jogo, e como ele se torna duplamente infinito quando nenhum dos dois jogadores tem a mínima ideia do movimento que o outro fez: até mesmo perder em tais circunstâncias passa a ser uma vitória.

No ínterim, Valdés havia se tornado o Mahatma dos médiuns, o descobridor oficial de joias e filhos perdidos, o adivinhador das marechalas amorosas, o consolador das Grandes Elétricas Palatinas viúvas. Onde ia parar a fortuna que ganhava ninguém jamais soube; murmurava-se que o Mestre estava construindo uma pirâmide privada nos arredores de Mênfis, no Egito; outros afirmavam que estava gastando cada franco na China, o que parecia então muito misterioso, tornando-se desnecessário pedir explicações futuras; os maldosos e pobres de espírito afirmavam, ao contrário, como sempre sem provas, que todos os seus ganhos ele gastava no prostíbulo mais luxuoso de Paris, entre argelinas e tonquinesas, quando não entre tonquineses e argelinos.

O fato é que, agora, Valdés y Prom se assemelhava muito a um santo para não ser inconscientemente associado à ideia de bordel; dizia-se até mesmo que havia ressuscitado um paquete desgostosamente engolido por um bonde puxado a cavalo. Sabia-se, sem dúvida, que havia hipnotizado a distância o filho do Czar, durante uma viagem para Odessa, e que nesse estado o havia forçado a enviar uma mensagem para São Petersburgo pedindo a graça de um anarquista famoso, natural de Vladivostok, condenado à morte. Mas pode também ter acontecido que o pedido de graça não fosse senão o preço ajustado com o vidente por qualquer outra – desconhecida – prestação. Aliás, já estava consolidado que quase todas as noites o filipino escancarava a janela de seu quarto, subia sobre o peitoril e começava a percorrer em distância e largura a Rue Visconti, caminhando no ar, sempre à altura do sexto andar, com aspecto ameno e reflexivo; depois de uma meia hora de distração, voltava para casa entrando pela mesma janela. Essas eram suas únicas saídas verificáveis.

Num certo ponto, um exilado espanhol amigo seu, reduzido à miséria pelas guerras carlistas, quis fazer render as faculdades telepáticas do Mestre, abrindo uma assessoria de imprensa ou, como se diria hoje, uma agência de notícias, atrás do Hôtel de Ville. Três vezes por semana, subia as escadas da Rue Visconti, e o filipino em transe lançava em sua direção seu olhar radar sobre as capitais do mundo civil. Foi essa a primeira agência de notícias de tipo moderno, no sentido de que todas as notícias que difundia diziam respeito a chefes de Estado dedicados às suas atividades cotidianas normais, por exemplo: "Roma. O papa festejou seu 82º aniversário celebrando uma missa na Capela Sistina"; "Berlim. O Chanceler de Ferro inaugurou uma estátua de Bronze em homenagem à Nação Prussiana"; "Montreux. Foi reencontrada a mala da rainha de Nápoles". Os tempos não estavam maduros para esse tipo de jornalismo de alto nível, e a agência não teve sucesso: de Valdés, a Europa esperava outras emoções.

Essas lhe foram enfim concedidas na ocasião do grande Congresso Internacional de Ciências Metafísicas, que se realizou ou que deveria ter sido realizado com pompa solene, em 1878, nas salas veneráveis da Sorbonne, a qual, no entanto, não quis associar-se oficialmente a essa complexa manifestação de conservadorismo progressista. Na realidade, a Sorbonne apoiava e até mesmo financiava, com a mão esquerda, esse congresso provavelmente tramado à sombra pelo conúbio duvidoso entre a ainda poderosa Igreja francesa e o sempre mais poderoso Materialismo Científico Europeu.

No clima conciliador da nova constituição republicana, interesses opostos se encontravam no Congresso: a Igreja não queria – jamais quis – ceder aos interesses privados, como infelizmente havia acontecido com o voto, a faculdade de fazer milagres; a Ciência positivista não queria, muito simplesmente, que os milagres existissem. Como Valdés y Prom era a única pessoa em Paris, talvez na Europa, cuja faculdade milagrosa era reconhecida por todos, é lícita a suspeita de que o verdadeiro alvo do Congresso fosse realmente ele: Valdés. Teólogos eminentes, cardeais e bispos se uniriam, uma vez por todas, aos mais belos nomes da física e da química, até mesmo aos impetuosos evolucionistas, para esmagar aquelas manifestações perturbadas do espírito, então chamadas de metafísicas: hipnotismo, telepatia, espiritismo, levitação. De sua parte, Valdés havia se proposto a esmagar, sem precisar nem mesmo sair de casa, o Congresso e os congressistas.

Desde o primeiro dia, as coisas tomaram um desvio preocupante. O arcebispo de Paris, que devia abrir os trabalhos, abriu, ao contrário, sua boca enorme e começou a cantar em dialeto saboiano *Rappel des vaches*, que serve para chamar as vacas de volta para o estábulo; de fato, o prelado provinha da Alta Saboia. Logo depois devia falar o ilustre Ashby em nome da ciência inglesa; comovida, sua voz rouca de matemático subiu de volume para entoar as estrofes de *God Save the Queen*; todas as estrofes, como só se faz em grandes ocasiões.

Terminados os aplausos, pediu a palavra o mais notável astrônomo boêmio, para anunciar, em alemão deplorável, que não lembrava absolutamente por qual motivo estavam todos ali reunidos; logo que tal comunicação foi traduzida pelos intérpretes aos franceses e aos monolíngues presentes, um falatório rumoroso tomou conta da assembleia: antes com relutância, depois com exultação, todos os participantes admitiram, em línguas mais variadas, não saber tampouco o que eles haviam ido fazer ali.

Os trabalhos foram suspensos, pelo menos naquele dia, de modo que os participantes do congresso pudessem voltar aos seus hotéis ou conventos e colocassem em ordem seus papéis e pensamentos. A saída da Aula Magna foi tumultuosa: atingidos por uma onda coletiva quase histérica de glossolalia, cientistas e monsenhores seguiram em direção às portas cantando, os mais idosos cantavam *La Carmagnole*, os menos idosos, uma canção popular internacional, que alguns anos depois seria desenterrada por Degeyter e Pottier com o nome *L'Internationale*.

Depois desse esforço sobre-humano, Valdés y Prom foi tomado por um sono profundo que durou até quase a meia-noite. Quando acordou, comeu algo, fez seus passeios habituais por entre as mansardas da Rue Visconti e se preparou para enfrentar o cansaço do segundo dia.

O segundo dia do Congresso *contra* as Ciências Metafísicas, que hoje por curiosa metátese são chamadas de metapsíquicas, foi aberto pelo presidente da Comissão dos Pesos e das Medidas, o qual propôs à Assembleia que todos saíssem para o pátio para dançar uma polca em honra de Allan Forrest Law, botânico e decano em Yale, no exótico Connecticut. O bispo de Caen objetou que estava chovendo e que na própria Aula havia espaço suficiente para dançar uma valsa. Os cientistas alemães, entre eles o magnífico reitor da Universidade de Jena, logo improvisaram um *ländler* com um barulho enorme de saltos sobre o assoalho de madeira, aos quais, pouco a pouco, se uniram os mais notáveis geólogos, vulcanólogos, sismólogos, entomólogos e mariólogos da época. A reunião estava visivelmente se tornando caótica e também essa sessão seria adiada. A imprensa, que não havia sido admitida nos trabalhos, pôde, no entanto, constatar de fora o fracasso e, em seguida, a quantidade impressionante de cadeiras quebradas.

Inútil observar aqui o que todos observavam naquele momento, ou seja, que nunca num congresso científico havia acontecido algo semelhante: alguém começou a falar em voz baixa o nome de Valdés. Valdés y Prom não recebia jornalistas nem convidados, não fazia declarações: surgiu a suspeita de que tivesse alguma coisa bem mais clamorosa guardada.

O núncio apostólico junto à Terceira República, preocupado com o prestígio dos religiosos envolvidos, quis participar pessoalmente da terceira sessão do Congresso. Logo que Valdés soube, graças ao espanhol exilado, o qual não renunciava à sua tarefa de coletor e transmissor de notícias, decidiu se servir maciçamente dessa presença respeitável – ainda mais respeitável do que aquela, igualmente anunciada, do ministro do Interior e chefe de polícia – para dar o golpe definitivo em seus inimigos.

Quando o núncio entrou na sala, na manhã seguinte, todos os congressistas, incluídos os luteranos, os russos, e até mesmo o turco, ficaram em pé respeitosamente e aplaudiram; terminados os aplausos, voltaram a se sentar. O núncio abriu sua boca pequena e disse: "Humildemente vos transmito a saudação paterna de Sua Santidade, fortaleza contra a qual não vencerão nem demônios nem bruxas nem partidários de ciências, sejam manifestas ou ocultas." Levantou-se, então, o fisiologista Puknanov e respondeu: "Eu, Valdés y Prom, transmito a minha." Levantou-se o sir Francis Marbler e acrescentou: "Eu, Valdés y Prom, saúdo o papa." Levantou-se Von Statten e disse: "Eu, Valdés y Prom, agradeço o padre supremo." Todos os cientistas, um após o outro, se levantaram e agradeceram em nome do filipino vidente; a mesma coisa fizeram, em seguida, os teólogos e sacerdotes; o núncio acreditava ser um sonho, quando, por fim, se levantou o ministro do Interior e com firme acento tolosano concluiu: "Eu, Valdés y Prom, jamais fui tão honrado."

Depois disso, todos os participantes propuseram declarar fechados os trabalhos do Congresso. Unanimemente, todos disseram estar de acordo com sua proposta.

A partir desse momento, começou uma grande confusão, a qual foi descrita de muitas formas, também porque todos os presentes acreditavam ainda ser Valdés y Prom. Exceto o núncio, que, porém, jamais quis comentar com ninguém o que realmente aconteceu naquele dia na Aula Magna da Sorbonne.

Sempre como num sonho, cientistas e religiosos partiram, uns em direção à Estação de Lyon, outros à Estação de Estrasburgo, e outros seguiram para suas carruagens.

Não conseguindo obter deles nenhuma informação – "pareciam crianças", escreveu *La Liberté* – os jornalistas correram pela Rue Visconti; mas nada mais puderam saber do acontecido, porque Valdés y Prom estava morto. Muito exigido pelo esforço, parece que no decorrer do passeio aéreo noturno habitual diante das janelas do sexto andar, o hipnotizador tenha dado um passo no vazio, precipitando-se catastroficamente sobre a calçada; quanto ao espanhol exilado, talvez preocupado pelas possíveis retaliações do Ministério do Interior, havia desaparecido.

# Jules Flamart

Em 1964, Flamart publicou seu romance-dicionário, engenhosamente intitulado *La Langue en action*. A ideia era a seguinte: como os vocabulários modernos normais, por mais divertidos e, às vezes, licenciosos, são quase sem exceção inadequados à leitura contínua e sistemática, que por si só justifica a existência duradoura de uma dada obra, o autor se propôs, com paciência flaubertiana, a compor um novo tipo de dicionário que unisse o útil ao aventuroso, trazendo, como qualquer outro vocabulário, definição e uso de cada entrada, no entanto, acompanhados não de prazerosas observações e divagações eruditas como aquelas que alegram ou alegravam as velhas enciclopédias, mas, sim, de breves passagens narrativas concatenadas de modo que, findada a leitura, não só aprenda o leitor o uso correto de todas as palavras que compõem a língua, mas além disso se divirta seguindo o desenvolvimento intrincado de um acontecimento muito cativante e movimentado, como uma espécie de espionagem-pornográfica.

Certamente não será necessária a descrição precedente para dar uma ideia clara desse trabalho provavelmente único no mundo e estranhamente ainda pouco conhecido. Será conveniente, ao contrário, trazer algum trecho à tona, escolhido por acaso entre as suas 850 páginas; procurando remediar o fato de que o dicionário é, depois de tudo, um dicionário, e além do mais, francês. Abramos na página 283:

*Enfoncer*: enterrar; introduzir. Arthur o *enfonça*.
*Enforcir*: consolidar. A alocução do presidente da República na televisão o terá *enforci*, comentou o arguioso Ben Saïd.
*Enfouir*: soterrar; jogar no fundo. Reabrindo os olhos, Géraldine protestou, não sem ironia: Mas onde você o *enfoui*?
*Enfourcher*: apanhar com a forca; trespassar (cavalgar?). Deveria dizer, ao contrário, *enfourchi*, esclareceu entre duas babás o secretário do vice-prefeito.
*Enfourchure*: fundo das calças. Alastair, pegue-o pelo *enfourchure* e tente puxá-lo para trás, suplicou Fauban.
*Enfourner*: enfornar; empenhar. Não por nada o chamam de *enfourneur*, acrescentou com ar experiente a freira fingida.
*Enfreindre*: infringir; violar. Vocês gostam de Benjamin Britten?, perguntou Ben Saïd, repentinamente *enfreignant* o silêncio respeitoso.
*Enfroquer*: encapuzar; tornar-se frade. *Enfroquez-le!* Ouviu-se o grito de uma voz terrível lá da porta.

*Enfuir (S')*: fugir; escapar. Géraldine libertou os joelhos e o deixou *s'enfouir.*

*Enfumer*: defumar. Colocando as cuecas na cabeça ao modo dos óculos, Alastair as *enfuma* todas com seu hálito peculiar e foi se deitar ao lado do secretário do vice-prefeito.

*Engadine*: Engadina. Fedia de *Engadina.*

*Engagé*: engajado. Por que aquele ar de revista *engagé?,* perguntou-lhe sarcasticamente a freirinha, deitando-se na poltrona sobre o colo de Fauban para tocar a campainha com o pé direito.

*Engageant*: sedutor. A porta se abriu de arranque e Géraldine viu entrar um São Bernardo pouco *engageant.*

*Engagement*: compromisso; promessa. A enfermeira que o acompanhava se voltou na direção de Ben Saïd. Mantive o *engagement,* anunciou com um sorriso equívoco, e com gesto ágil lhe fincou a agulha de uma enorme seringa hipodérmica atrás da orelha direita.

Ou na página 577:

*Personne*: pessoa; alguém; ninguém. O capitão entrou no cunículo e disse: *Personne!*

*Personnellement*: pessoalmente. O aspirante paraquedista se aventurou em avançar uma tímida objeção: Eu, *personnellement...* O outro o calou estalando a língua: Apenas com aquelas bermudas, recortadas de um jornal vespertino?

*Perspective*: perspectiva. Questão de *perspective*, resmungou o garoto. As de vocês são, de todo modo, de seda ordinária.

*Perspicace*: perspicaz; sagaz. Você é *perspicace*, observou o capitão, empurrando-o para o escuro.

*Perspiration*: transpiração lenta. Michel estava tomado de *perspiration*.

*Persuader*: persuadir. Havia algo no enorme barulho de lata no fundo daquele corredor estreito que não o *persuadait*.

*Persuasion*: persuasão. Mas, de repente, sentiu sobre sua perna delicadamente cabeluda o viscoso cano da pistola e uma mão muda friamente decidida a não se ocupar de meios-termos em sua obra de *persuasion*.

*Persulfure*: persulfureto. Uma baforada de *persulfure* o atingiu.

*Perte*: perda. E isso? Perguntou, por fim, o oficial, sem soltar a sua vítima. É uma *perte*?

*Pertinace*: pertinaz. Seus colegas da Contraespionagem sabiam muito bem – para não falar de seus numerosos inimigos nos Serviços Secretos estrangeiros – quanto fosse *pertinace* La Condamine.

*Pertinent*: pertinente. Parece-lhes uma pergunta *pertinente*?, indagou o rapaz, tirando o dedo do nariz e logo depois a regata. São coisas minhas, e as conservo, acrescentou.

*Pertuis*: buraco; furo; orifício. Não estou muito certo disso, mascou o oficial. Eis o *pertuis*! Exclamou, de repente, lambendo seu bigode.

*Perturbation*: perturbação. No neófito a perspiração começava a se transformar em *perturbation*.

*Péruvien*: peruano. Escuta lá no fundo aquele barulho de lata?, cochichou o seu guia. São os *péruviens*.

*Pervers*: perverso. Dizem que são terrivelmente *pervers*!, murmurou com um arrepio o adolescente.

*Pervertir*: perverter; depravar. Sem se afastar nem mesmo um milímetro, o capitão arrastou Michel por outros dois metros para o interior da galeria escura. Ainda pior, disse entre os dentes, são uns *pervertis*!

*Pesage*: pesagem. E com gesto distraído procedia com a *pesage*.

*Pesant*: pesado. Acha-o *pesant*?, perguntou o rapaz repentinamente intrigado.

*Pessaire*: pessário. Infelizmente deixei o *pessaire* na Jaguar-Morris, maldisse La Condamine.

*Pessimisme*: pessimismo. Uma nova borrifada, mais violenta do que a anterior, varreu o seu *pessimisme*: dessa vez devia tratar-se de um lugar de decência semipúblico, provavelmente comunicante com o cinematógrafo.

*Peste*: peste; diabos. Chegamos, disse. *Peste!*, exclamou Michel: E agora, como me enxugo?

E assim por diante até o fim deslumbrante, centrado numa orgia de *zythum* (zitone), cerveja dos antigos e particularmente dos egípcios. Didaticamente impecável e especialmente adequada aos jovens e estudantes em geral, a obra de Flamart é daqueles vocabulários – ai de mim, raros! – que são lidos sem fôlego nem parada da primeira à última página, enfim, aqueles dicionários nascidos com o sinal da epopeia sobre a testa.

# Aaron Rosenblum

Os utopistas não se preocupam com os meios; mesmo para tornar o homem feliz, estão prontos para matá-lo, torturá-lo, incinerá-lo, exilá-lo, esterilizá-lo, esquartejá-lo, lobotomizá-lo, eletrocutá-lo, mandá-lo para guerra, bombardeá-lo *et cetera*: depende do plano. Conforta pensar que mesmo sem plano os homens estão e sempre estarão prontos para matar, torturar, incinerar, exilar, esterilizar, esquartejar, bombardear *et cetera*.

Aaron Rosenblum, nascido em Danzig, crescido em Birmingham, também havia decidido fazer a humanidade feliz; os danos que provocou não foram imediatos: publicou um livro sobre o tema, mas ficou por muito tempo ignorado e não teve muitos seguidores. Se os tivesse conquistado, não existiria talvez agora uma única batata na Europa, nem um lampião pela estrada, nem uma caneta de metal, tampouco um piano.

A ideia de Aaron Rosenblum era demasiadamente simples; não foi o primeiro a pensá-la, porém foi o primeiro a levá-la até as últimas consequências. Apenas sobre o papel, porque a humanidade nem sempre tem vontade de fazer aquilo que deve fazer para ser feliz, ou para sê-lo prefere escolher seus próprios meios, que em todo caso, como os melhores planos globais, também provocam mortes, torturas, prisões, exílios, esquartejamentos, guerras. Cronologicamente, a utopia de Rosenblum não teve sorte: o livro que devia torná-la conhecida, *Back to Happiness or On to Hell* (*Atrás da felicidade ou diante do inferno*), foi publicado em 1940, precisamente quando o mundo pensante estava muito empenhado em se defender de outro plano, igualmente utopista, de reforma social e de reforma total.

Rosenblum, antes, havia se questionado: qual foi o período mais feliz da história mundial? Acreditando-se inglês, e como tal depositário de uma tradição bem definida, decidiu que o período mais feliz da história havia sido o reino de Elisabete, sob o sábio comando de Lord Burghley. Não por acaso, havia produzido Shakespeare; não por acaso, naquele período a Inglaterra havia descoberto a América; não por acaso, naquele mesmo período a Igreja Católica havia sido para sempre derrotada e forçada a se refugiar no distante Mediterrâneo. Há muitos anos Rosenblum era membro da Alta Igreja protestante anglicana.

O plano de *Back to Happiness* era, portanto, o seguinte: transportar o mundo para o ano 1580. Abolir o carvão, os carros, os motores, a luz elétrica, o milho, o petróleo, o cinematógrafo, as estradas asfaltadas, os jornais, os Estados Unidos, os aviões, o voto, o gás, os papagaios, as motocicletas, os Direitos Humanos, os tomates, os piróscafos, a indústria siderúrgica, a indústria farmacêutica, Newton e a gravitação, Milton e Dickens, os perus, a cirurgia, as ferrovias, o alumínio, os museus, as anilinas, o guano, a celuloide, a Bélgica, a dinamite, o fim de semana, os séculos XVII, XVIII, XIX e XX, a escolaridade obrigatória, as pontes de ferro, o bonde, a artilharia leve, os desinfetantes e o café. O tabaco podia permanecer, visto que Raleigh fumava.

Reciprocamente, era necessário restabelecer: o manicômio para os devedores; a forca para os ladrões; a escravidão para os negros; a fogueira para as bruxas; os dez anos de serviço militar obrigatório; o costume de abandonar os recém-nascidos pela rua no mesmo dia do nascimento; as tochas e as velas; o hábito de comer com o chapéu e com a navalha; o uso da espada, do espadim e do punhal; a caça com arco; o latrocínio nos bosques; a perseguição aos judeus; o estudo de latim; a proibição às mulheres de reduzir as cenas; os ataques dos piratas aos galeões espanhóis; o uso do cavalo como meio de transporte e do boi como força motora; a instituição dos morgados; os cavaleiros de Malta a Malta; a lógica escolástica; a peste, a varíola e a febre tifoide como meio de controle populacional; o respeito à nobreza; a lama e os charcos nas ruas do centro; as construções de madeira; a criação de cisnes no Tâmisa e de falcões nos castelos; a alquimia como passatempo; a astrologia como ciência; a instituição da vassalagem; o ordálio nos tribunais; o alaúde nas casas e as trombetas nas ruas; os torneios, as armaduras damasquinadas e a cozedura de armas; em suma, o passado.

Pois bem, era óbvio até mesmo aos olhos de Rosenblum que a planejada e ordenada realização de tal utopia, em 1940, teria requerido tempo e paciência, além da colaboração entusiasmada por parte da mais influente opinião pública. Adolf Hitler, é verdade, parecia disposto a facilitar um pouco a obtenção de alguns entre os pontos mais trabalhosos do projeto, sobretudo no que dizia respeito às eliminações; mas como bom cristão Aaron Rosenblum não podia não se dar conta de que o chefe de Estado alemão estava se deixando levar por tarefas totalmente secundárias, como a extinção dos judeus, em vez de se ocupar seriamente em conter o avanço dos turcos, por exemplo, ou de organizar torneios, ou de difundir a sífilis, ou de ornar com miniaturas os missais.

Aliás, por mais que estivesse continuamente estendendo sua mão, Hitler parecia nutrir ocultamente certa hostilidade em relação aos ingleses. Rosenblum entendeu que deveria fazer tudo sozinho; mobilizar sozinho a opinião pública, recolher assinaturas e adesões de cientistas, sociólogos, ecologistas, escritores, artistas, amantes em geral do passado. Infelizmente, três meses depois da publicação do livro, o autor foi recrutado pelo Serviço Civil de Guerra como vigia de um armazém sem nenhuma importância na zona mais desabitada da costa do Yorkshire. Nem mesmo um telefone tinha à sua disposição: sua utopia corria o risco de acabar na areia.

Ao contrário, ele que caiu na areia, e de modo insólito: enquanto passeava pela praia colhendo telinas e outros seres quinhentistas para o café da manhã, no decorrer de um ataque aéreo evidentemente realizado a título de treino, desapareceu dilacerado num buraco e seus fragmentos foram imediatamente cobertos pela água do mar.

Já falamos da vocação mortal dos utopistas; mesmo a bomba que o matou respondia a uma utopia, não muito diferente da sua, embora aparentemente mais violenta. Essencialmente, o plano de Rosenblum se fundava na rarefação progressiva do presente. Partindo não de Birmingham, que estava muito preta e que iria solicitar, pelo menos, um século para sua limpeza, mas, sim, de um pequeno centro periférico como Penzance, em Cornualha; se tratava simplesmente de delimitar uma zona – talvez a adquirindo com os fundos da Sixteenth Century Society, que ainda seria fundada – para depois proceder à exclusão, através da área de beneficiamento, com coragem minuciosa, de todo e qualquer objeto, costume, forma, música ou vocábulo referentes aos séculos acusados, ou seja, os séculos XVII, XVIII, XIX e XX. A lista bastante completa de objetos, conceitos, manifestações e fenômenos preenche quatro capítulos do livro de Rosenblum.

Ao mesmo tempo, a sociedade e instituição patrocinadora, a Sixteenth Century Society, teria providenciado a inserção de tudo aquilo que já foi dito – salteadores, velas, espadas, burros de carga e assim por diante nos outros quatro capítulos do livro – o que teria sido suficiente para converter a colônia nascente num paraíso. De Londres as pessoas teriam corrido em grupo para mergulhar no século XVI; a sujeira resultante logo teria começado a operar uma primeira seleção natural, necessária para levar a população aos níveis do ano 1580.

Com a entrada dos visitantes e dos novos inscritos, a Sixteenth Century Society teria sido, portanto, capaz de ampliar aos poucos seu campo de ação, expandindo-se para o alto, até chegar a Londres. Voltar a limpar Londres de quatro séculos de casas e de manufaturados de ferro era um problema a ser resolvido separadamente, talvez publicando o edital de um concurso de projetos aberto para todos os jovens amantes do passado. Mas algo nesse sentido parecia já ter em mente o outro utopista, aquele para o outro lado do Canal da Mancha; na dúvida, Rosenblum optava pelo cerco: talvez um mero cinturão do século XVI ao redor da capital seria suficiente para fazer tudo desabar.

O plano procedia depois rapidamente até cobrir toda a Inglaterra, e da Inglaterra, toda a Europa. Na realidade, os dois utopistas tendiam por vários caminhos à mesma meta: assegurar a felicidade do gênero humano. A utopia de Hitler, nesse ínterim, caiu em total descrédito, conhecido por todos. A de Rosenblum, ao contrário, renasce periodicamente sob inúmeros disfarces: há quem esteja propenso à Idade Média, quem ao Império Romano, outros ainda ao Estado de Natureza, e Grünblatt é partidário até mesmo do retorno ao Macaco. Se se subtrai da população atual do mundo a população presumida do período pré-escolhido, se tem o número de bilhões de pessoas, ou de hominídeos, condenados a desaparecer, de acordo com o plano. Tais propostas prosperam; o espírito de Rosenblum ainda perambula pela Europa.

## Charles Wentworth Littlefield

Apenas com sua força de vontade, o cirurgião Charles Wentworth Littlefield conseguia cristalizar o sal de cozinha em forma de frango ou de outros animais pequenos. Uma vez, quando seu irmão levou um corte muito feio no pé e perdeu muito sangue, o doutor Littlefield teve a ideia de lhe declamar uma passagem da Bíblia e sua hemorragia estancou imediatamente. Desde aquele dia, Littlefield passou a ser capaz de executar intervenções arriscadas de alta cirurgia, usando como coagulante seu poder mental auxiliado pela mesma passagem bíblica.

Num certo momento, o doutor decidiu estudar mais metodicamente a causa secreta desse seu poder, semelhante a uma tromboplastina. Littlefield suspeitava que os responsáveis por provocar a coagulação fossem os sais contidos no sangue; assim, dissolveu uma pitada de sal de cozinha na água e observou a solução com o microscópio. À medida que a água evaporava, o observador repetia em voz baixa a passagem cirúrgica do Antigo Testamento, ao mesmo tempo em que pensava num frango. Surpreso, viu que os pequenos cristais, que estavam se formando lentamente sobre as lâminas, dispunham-se, de fato, em forma de frango.

Repetiu o experimento umas cem vezes, sempre com o mesmo resultado: se, por exemplo, pensava numa pulga, os cristais se ordenavam em forma de pulga. O relatório da pesquisa pode ser lido em seu livro *The Beginning and Way of Life*, Seattle, 1919. É um estudo aprofundado do magnetismo sutil que torna os cristais dóceis ao controle da mente humana. No prefácio, o autor agradece a são Paulo, a são João Evangelista e ao físico inglês Michael Faraday, que lhe ditaram capítulos inteiros sobre o outro mundo.

# Aram Kugiungian

Inumeráveis foram os crentes na transmigração das almas; entre eles, não poucos se demonstraram capazes de lembrar suas encarnações precedentes, ou algumas delas pelo menos. No entanto, um único argumenta não apenas ter vivido, mas viver em muitos corpos naquele momento. Previsivelmente, a maior parte desses corpos pertencia a pessoas conhecidas, quase sempre conhecidíssimas; o que o tornou particularmente famoso nos restritos círculos exotéricos canadenses.

Chamava-se Aram Kugiungian; havia fugido ainda criança da Armênia turca com seu pai, o qual precisava achar um irmão muito abastado em La Rioja, Argentina, mas por uma interseção fortuita de circunstâncias havia encontrado, ao contrário, um tio muito pobre, aliás, um mendigo, nos arredores de Toronto. O tio os acomodou sobre uma carroça de legumes que seguia em direção à cidade e ali o pai de Aram logo começou a trabalhar de sapateiro, como quando vivia em Erzurum.

Os sapatos naquelas aldeias eram tão diferentes do modelo turco que da profissão primitiva a única coisa que quase podia qualificá-lo para exercê-la também ali era o hábito de ficar sentado diante de um sapato. O senhor Kugiungian tinha uma ideia limitada das dimensões reais da América, mas logo ficou cansado de perguntar qual trem precisava pegar para chegar a La Rioja. Os dois aprenderam uma espécie de simulacro de inglês. Aram ficou desconcertado pelo fato de que as pessoas pudessem julgá-lo judeu, turco e cristão ao mesmo tempo. Esse assombro, de agnóstico como era originalmente, lançou-o em direção à teosofia. A pluralidade que os outros lhe atribuíam fincou nele raízes que um dia germinariam em ramos imprevistos. Nesse ínterim, frequentava o círculo "A Roda do Karma" ("The Karma Wheel") de Toronto.

Sobre a calçada de uma rua suja que descia em direção ao lago Ontário, numa noite de abril de 1949, Aram Kugiungian percebeu pela primeira vez ser, do mesmo modo, outro homem, ou vários outros. Tinha então 23 anos, não havia ainda terminado de aprender inglês, e as garotas já pretendiam que falasse francês: a América era certamente um continente adequado para ser várias pessoas ao mesmo tempo.

Seu pai não conseguia senão ser seu pai, dedicado a acumular somas reduzidas de dinheiro no interior de um velho fonógrafo à manivela que mantinha debaixo do travesseiro enquanto dormia; o tio de seu pai, ao contrário, havia escolhido não ser ninguém, e mais exatamente não era ninguém, tanto é verdade que nos últimos dez anos havia desaparecido.

Quanto a ele, Aram Kugiungian, a roda de seu karma começou a girar, pelo que parece, sem freio, talvez para chegar antes ao limite fixado; o fato é que a cada dois meses Aram nascia novamente, mesmo continuando a viver nos outros corpos. Obviamente a aritmética não vale para as almas, uma alma dividida em mil é igual a mil almas inteiras, assim como o Sopro do Criador dividido em três bilhões produz três bilhões de Sopros do Criador. Aram sabia ser um rapaz armênio como dissemos: queria saber quem era o seu outro.

Pediu conselho aos amigos do Karma Clube. Esclareceu que não se tratava de um caso de dupla ou de múltiplas personalidades; ele não sabia nada dos outros; apenas, às vezes, vendo um nome ou uma fotografia num jornal ou num manifesto publicitário, tinha a sensação nítida de ser também aquele outro, quem quer que fosse. A coisa já lhe havia acontecido de soslaio com uma jovem atriz, talvez inglesa, de nome Elizabeth Taylor; com um arcebispo católico de Nova York durante uma visita ao Quebec, com Chiang Kai-shek, que devia ser um chinês. Não sabia se era melhor entrar em contato, mesmo que epistolar, com essas pessoas, para lhes explicar que eram igualmente suas reencarnações.

Os amigos estavam prontos para entender um caso desse tipo, por mais que fosse o primeiro ocorrido em Toronto. Escutavam-no com interesse, maravilhados, com o respeito que inspira o sobrenatural, quando se sai da rotina habitual do sobrenatural cotidiano. Disseram-lhe que se escrevesse uma carta para si mesmo corria o risco de ficar sem resposta; aconselharam-no, ao contrário, a ler com maior frequência os jornais para ver se não encontrava sua identidade em outras pessoas, e a fazer uma lista, para ser publicada no boletim mensal do Clube.

O boletim se intitulava como o círculo, "A Roda do Karma"; no número de outubro de 1949, apareceu uma nota entusiasmada de um certo Alan H. Seaborn sobre a singular velocidade de rotação da alma de Kugiungian. A lista de suas encarnações precedentes – aquelas sucessivas lhe eram pouco conhecidas, evidentemente correspondiam a garotos e garotas ainda muito jovens para a fama – compreendia, além das pessoas supracitadas: Louis de Broglie, Mosaddeq, Alfred Krupp, Anna Eleanor Roosevelt, Olivier Eugène Prosper Charles Messiaen, Chaim Weizmann, Lucky Luciano, Ninon Vallin, Stafford Cripps, a mãe de Eva Perón, Wladimir d'Ormesson, Lin Biao, Arturo Toscanini, Tyrone Power, El-Saied Mohammed Idris, Coco Chanel, Vyacheslav Mikhailovich Molotov, Ali Khan, Anatole Litvak, Pedro da Jugoslávia, John George Haigh, Yehudi Menuhin, Ellinor Wedel (miss Dinamarca), Joe Louis e muitíssimas outras personalidades hoje esquecidas (o vampiro John George Haigh havia sido, nesse ínterim, enforcado na Inglaterra).

Muitas vezes os companheiros do Clube lhe perguntaram o que poderia sentir caso fosse muitas pessoas ao mesmo tempo; Kugiungian sempre respondeu que não sentia nada de excepcional, aliás, que não sentia nada de nada, no pior dos casos um sentido vago de não estar sozinho no mundo. Na realidade, sua multiplicidade corporal contestava pela primeira vez *in corpore vili* a tese chamada de solipsista; mas Kugiungian acreditava que Berkeley fosse apenas um campo de críquete nas proximidades de Hamilton e o solipsismo, uma forma de vício refinado. Alguns objetavam que era, de qualquer modo, estranho que todas as suas reencarnações simultâneas fossem pessoas de destaque, porém Kugiungian, de modo ajuizado, respondia que muito provavelmente essas suas epifanias eram muito frequentes, por isso, não tendo nenhum meio para questionar aquelas pouco conhecidas, precisava limitar-se às mais vistosas.

Nesse ponto, um jovem steineriano avançou a hipótese de que, talvez, Aram Kugiungian fosse todas as pessoas do mundo, já naquela época muito numerosas. A ideia era sedutora, uma alma sem amarras pode realizar um número elevado de revoluções por segundo, e Kugiungian se sentiu lisonjeado com tal ideia; mas agora precisava confrontar a oposição decisiva dos outros sócios do círculo, quase todos obstinadamente passaram a se considerar tanto uma reencarnação quanto uma pré-encarnação do armênio. Somente uma jovem senhora acolheu a proposta de modo favorável; o que foi tomado por todos como algo que era, sem dúvida, uma tentativa desajeitada de realizar um flerte, com a desculpa da alma solteira.

Kugiungian continuou, no entanto, a se reconhecer nas fotografias dos jornais e, em seguida, também na televisão. De uma declaração sua ao *Jornal de Teosofia*, de Winnipeg, devemos deduzir que dez anos depois, em 1960, além das pessoas supracitadas, ele também havia se tornado A. J. Ayer, Dominguín, Mehdi Ben Barka, Adolf Eichmann, a princesa Margarida, Carl Orff, Raoul Albin Louis Salan, sir Julian Huxley, Dalai Lama, Aram Khachaturian, Caryl Chessman, Fidel Castro, Max Born e Syngman Rhee.

Mora agora em Winnipeg, em Manitoba, e mesmo tendo-se multiplicado inúmeras vezes nos últimos anos, jamais quis encontrar pessoalmente nenhuma de suas encarnações; muitas delas não falam inglês, outras, pelo que parece, são muito ocupadas, e para ser sincero não saberiam o que dizer umas às outras.

# Theodor Gheorghescu

Leituras levianas e um excesso de fé induziram o pastor evangélico Gheorghescu a conservar no sal uma quantidade insólita de negros de todas as idades: calcula-se que nas largas e profundas banheiras de sua *fazenda* O Paraíso, limítrofe com a salina abandonada de Ambão, nos arredores de Belém, estado do Pará, tenham sido encontrados 227 cadáveres em vários estados de putrefação, mas todos orientados na direção (presumida) de Jerusalém, na Palestina, cada um trazendo entre os dentes um arenque salgado como o defunto.

Por que para essas suas experimentações de conservação o pastor romeno escolheu uma aldeia próxima da linha equatorial, onde é muito mais difícil conservar os cadáveres, logo se explica: porque Belém é o nome português de Belém, cidade onde se fabula o nascimento do Salvador, e porque Gheorghescu ignorava que os hóspedes de suas banheiras fossem cadáveres, visto que quando os colocou ali ainda estavam vivos. Acreditava que eram batizados, como indicava o peixe na boca, símbolo de Cristo; batizados no momento da imersão e amavelmente conservados em vida latente.

Parece, de fato, que o pastor jamais duvidou da bondade de sua contribuição realizada, modesta e pessoal à limpeza geral e ao decoro do Juízo Universal: pelo menos seus negros, raciocinava Theodor Gheorghescu, chegariam à presença de Deus em bom estado; não como múmias ou esqueletos nem como carne enlatada nem como corpos incinerados e recompostos com esforço, mas, sim, como homens inteiros, ou crianças, ou matronas sem defeito, aliás, para todos os efeitos, ainda vivos. Como são Tomás, Gheorghescu havia se questionado que fim teriam tido no momento do Juízo aqueles corpos humanos que por outros homens haviam sido comidos e que ao segundo corpo haviam sido assimilados; depois disso o segundo corpo havia sido, por sua vez, comido por outro, e assim por diante; e com pesar tentava imaginar o intricado destino final de certas tribos pouco conhecidas do interior, de costumes fabulosos.

Seus protegidos eram, ao contrário, todos negros: nem um indiano nas suas banheiras, para evitar confusões, caso as lendas trouxessem algo de verdadeiro. Tampouco os brancos, os mulatos, porque o pastor humildemente acreditava, como lhe havia sido ensinado no curso missionário por correspondência, que a negra era a raça superior. Transferindo-se em sua ignorância europeia primitiva de Constância, no Mar Negro, para Buenos Aires, havia constatado com assombro que a metrópole austral, por mais exterminada, aliás, infinita, não tinha negros, nem selvagens, nem nada do tipo a ser convertido; antes, era ele, romeno e pobre, que corria o risco de instrução e conversão: do Hotel dos Imigrantes o mandaram para uma Escola Elementaríssima para Imigrantes, administrada por um pastor mórmon.

Desgostoso, Gheorghescu logo se transferiu para Montevidéu, cidade menos importante, mas quase igualmente inconvertível, sendo como a precedente habitada por pessoas hostis a qualquer religião, todos empregados do Estado. Ali, pela primeira vez, ouviu falar do Pará, que agora se chamava Belém, berço, portanto, de Nosso Senhor, assim como de pessoas de todas as cores, do vermelho ao verde, ao negro. Passaram-se vinte anos: o pastor possuía agora uma igreja, como ele dedicada às Testemunhas de Jeová, uma grande empresa de importação-exportação, um hipódromo, que jamais visitava, com duzentos hectares de terra vermelha, boa somente para fazer tijolos, ao lado da salina. Em sua Bíblia, em espanhol, havia escrito: "E me verás, Senhor, guiar a mais perfeita das tuas tropas, e será negra como Tu."

Gheorghescu escolhia seus candidatos para o Último Espetáculo entre os desocupados que viviam ociosos nos banquinhos do porto, levava-os para Ambão com sua Chevrolet amarelo-alaranjada, fazia-os descer ao lado das banheiras de cimento, dava uma martelada na cabeça de cada um, depois os batizava com água salgada, colocava o arenque em suas bocas, estendia-os uns ao lado dos outros sobre um estrato de sal seco e, por fim, cobria-os ainda com mais sal. Com a umidade do ar, o sal logo se dissolvia em salmoura. No dia 23 de agosto de 1937, um seu servo, demitido pelo furto de arenques, denunciou-o à polícia brasileira. Assim, soube-se que numa das banheiras o pastor tinha também em conserva mais de 40 bovinos, por mais questionável que seja a sua coparticipação à Ressurreição da Carne.

# Aurelianus Götze

No clima frivolamente cristão de retorno ao paganismo que se acompanhou em toda a Europa aos conhecidos desenvolvimentos políticos e sociais da Revolução Francesa, Aurelianus Götze recolheu a ainda vaga hipótese, já proposta pelo jovem Kant, em sua *História natural universal e teoria dos céus*, do nascimento do sistema solar como resultado da condensação de uma nebulosa originária em rotação ao redor da estrela-mãe; só que, na versão neoclássica de Götze, os objetos condensados não eram exatamente aquilo que hoje entendemos como planetas, como os numes titulares de cada uma das sedes. Essa fina heresia científica, exposta no inspirado e cedo esquecido tratado *Der Sichtbar Olymp oder Himmel Aufgeklärt*, impresso em Leipzig, no auroral 1799, só merece uma rápida alusão; tal como aquelas caixas de conteúdo levemente monstruoso, ele não exclui a curiosidade, mas impõe que, tão logo vislumbrado o conteúdo, a tampa seja imediatamente fechada, para evitar sua ulterior difusão. Eram os anos dos *incroyables*: é lícito enumerar entre esses inacreditáveis Götze e seu tratado.

Inventado por Immanuel Kant, em 1755, o vocábulo *nebulosa* era demasiado sugestivo para que alguém não o lembrasse; era, além disso, muito nebuloso admitir qualquer significado. Segundo Götze, a nebulosa originária era inteiramente constituída por vontade de Júpiter (*Zeus' Wille*); vontade teleológica que, no entanto, não exclui o capricho, a partir do momento em que, em vez de criar o universo, teria podido criar qualquer outra coisa (obviamente, também em Leipzig, em coincidência com a virada entre o século das luzes e o século da fumaça, o freio teológico havia sido um pouco afrouxado). O mais relevante para nós em relação a tais caprichos se produz, realmente, quando a vontade de Júpiter começa a girar, se condensa, se converte em Sol, Mercúrio etc., até que entre os objetos do *et cetera* não encontramos o próprio Júpiter, concreta e dispostamente resumido no maior e mais majestoso dos planetas.

Aqui, para sermos justos com o autor, deveríamos citar suas próprias palavras, porque o conceito condutor é muito mais impreciso e metafísico do quanto possam exprimir nossas palavras; infelizmente, Götze é escritor prolixo, verborrágico e vagabundo, e nenhuma citação sua sobre um dado argumento, por menor que seja, pode ser resumida em poucas páginas sem séria minoração e sem traição, o que é pior. Peculiaridade, aliás, genérica dos pensadores alemães: condensá-los é arruiná-los; transcrevê-los, igualmente. No máximo, podem ser comentados.

Correndo o risco de aboli-lo na luz, procuraremos esboçar aqui aquele pouco que do interior da caixa de Götze se entrevê; também pela certeza tranquilizadora de que a caixa será imediatamente fechada e entregue novamente ao repúdio dos séculos. O que atinge dessa visão, já dita monstruosa, é a dupla natureza atribuída aos astros. Estes adotam desde o momento da condensação seus nomes tradicionais, quase sempre em latim: Mercúrio, Vênus, Marte, Júpiter, Saturno e Urano; o sol, porém, se chama Hélio, a lua, Ártemis, e a terra, talvez por afinidades teutônicas desconhecidas, Ops.

Além de assumir os nomes dos deuses do Olimpo, ou pelos menos de uma parte do Olimpo, eles assumem sua forma física: Júpiter é um digno chefe de família, Vênus uma senhorita, Marte o famoso soldado, e assim por diante. Nesse céu azul desbotado, inspirado em Tiepolo, é de se supor que os deuses não passeiem nus; de fato, suas vestes ou trajes emanam um enorme clarão, feita exceção a Mercúrio que por causa de sua proximidade com Hélio esvoaça nu e, portanto, surge frequentemente como um ponto escuro. Dessas formas, a mais particular é a de Saturno, que consiste em uma série de anéis: "O que em nenhum povo da terra", observa o autor, "encontra comparação, e de qualquer modo mais se adaptaria a uma senhora que a um homem." *Mann*, homem, escreve Götze: chama-o precisamente assim.

Hélio está simplesmente vestido de fogo. Todas essas pessoas, mesmo possuindo braços e pernas e semelhantes adminículos divinos, são na realidade redondas, de pedra dura e, como a Terra, Ops, habitadas por miríades de animais, plantas, seres humanos, montanhas, corvetas, nuvens, imundícies variadas, neves e insetos. Somente Ártemis está despovoada, porque sendo virgem nunca foi fecundada. O sol compõe poemas líricos e canta; os outros, além de girar em torno dele, compõem horóscopos e se ocupam com zelo de suas tarefas específicas, exceto na própria esfera. Isso significa que Marte pode provocar guerras por todas as partes, salvo em Marte; portanto, este planeta, e somente ele, está livre de guerras. Em Vênus, igualmente, não existe a luxúria; Mercúrio ignora a eficiência, em Saturno o tempo não se mede, e as pessoas do sol não conhecem a arte. A lua, ao contrário, é um deserto de luxúria. A Ops foi atribuído o dever de assegurar em todos os lugares a justiça, o que explica, além do mais, por que precisamente entre nós ela é impossível.

A ideia de que os astros fossem, ao mesmo tempo, numes espirituais e corpos materiais havia sido implicitamente aceita pelos antigos, quase todos; explicitamente, porém, no terreno científico e prático, que é o terreno da medição, nenhum pensador antigo conhecido jamais havia afirmado ou pensado seriamente que Marte se tornasse mais ou menos resplandecente segundo a couraça que vestia. Somente Götze, no limiar do século XIX, arrisca essa hipótese cosmológica, em sua divagação préromântica. Homem do Norte, não lhe era impossível imaginar uma esfera de pedra dura, sujeita às leis inquestionáveis de Newton, com olhos, braços, pernas incorporados em sua redondeza lúcida, e, por acréscimo, trajes ou vestes, uma lira, uma foice ou uma clepsidra, cabelos, vontade, graças femininas, e o corpo individual e compacto materialmente coberto de miríades de piolhos humanos, portadores de piolhos também eles, e à flor da pele montanhas e teleféricos e balões e oceanos, de gelo sobre Saturno e de fogo sobre Hélio.

Somente ele teve a coerência germânica e agora decididamente oitocentista precisão de calcular em milhões de toneladas o peso de Júpiter, pai dos deuses, de sua filha Vênus, do mais obeso de seus filhos, o sol. Uma gravura de Hans von Aue nos mostra em seu livro a Ártemis caçadora fechada no próprio globo esburacado de crateras; uma outra, a nebulosa original com sete braços em espiral e os deuses arrastados pelo turbilhão, todos ainda crianças.

# Roger Babson

New Boston, em Nova Hampshire, EUA, foi a primeira e duradoura sede da Fundação para a Pesquisa sobre a Gravidade, considerada por seus detratores a instituição científica mais inútil do século XX. Seu objetivo declarado era o de descobrir uma substância capaz de isolar e anular a força da gravidade.

Dois homens notáveis haviam inconscientemente contribuído para dar início ao intento. O primeiro havia sido H. G. Wells, o qual, em seu romance *Os primeiros homens sobre a Lua*, acena para a descoberta de uma liga, proveniente do nome de seu inventor, chamada "cavorite", que cumpre a dita condição. O segundo sugestor havia sido Thomas Alva Edison, ele também um versátil inventor. Um dia discorrendo com seu facultoso amigo Roger Babson, Edison lhe havia dito: "Lembre, Babson, que você não sabe nada de nada. Vou lhe dizer o que deveria fazer: descobrir uma substância para isolar a força da gravidade. Precisa ser uma liga especial de metais."

Babson era um homem extremamente realista e, ao mesmo tempo, extremamente idealista, combinação que produz, às vezes, resultados interessantes; por acréscimo, parece que era muito ignorante.

Como sede da Fundação havia escolhido a cidadezinha de New Boston pelo único motivo que, mesmo ela também se chamando Boston, permanecia muito distante de Boston, na eventualidade que Boston viesse a ser destruída por uma bomba atômica. O projeto primitivo de Babson era bastante simples: tratava-se de colocar à prova todas as ligas de metais imagináveis até se deparar com aquela desejada.

Como as ligas possíveis são obviamente infinitas, logo ficou claro que, do mesmo modo, a tarefa se demonstraria infinita; a Fundação decidiu, portanto, ocupar-se de outras atividades, menos monótonas, mas de qualquer forma centradas nos problemas gravitacionais. Para dar um exemplo: foi organizada uma cruzada contra as cadeiras, consideradas mecanismos totalmente inadequados para nos defender das forças dissimuladas que a gravidade exerce sobre nosso corpo: segundo Babson, essas forças podem ser vencidas simplesmente sentando sobre o tapete.

Em 1949, a Fundação publicou nas revistas *Popular Mechanics* e *Popular Science*, realmente muito populares, a seguinte inserção: "GRAVIDADE. Se você se interessa pela gravidade, inscreva-se. Nenhum gasto." A inserção não teve nenhum sucesso. Foi, então, instituído um prêmio para o melhor ensaio acerca da gravidade. O texto não podia exceder 1.500 palavras e podia versar sobre um dos seguintes temas, por livre escolha: 1) como obter uma liga capaz de isolar, refletir ou absorver a gravidade; 2) como obter uma substância qualquer, cujos átomos se agitem ou tornem a se misturar na presença da gravidade de modo a produzir calor gratuito; 3) qualquer outro sistema razoável capaz de trazer proveito da força gravitacional. O primeiro prêmio era de mil dólares.

Em 1951, a Fundação realizou seu primeiro Congresso Internacional, sempre em New Boston. Os participantes do congresso eram convidados a se sentar em poltronas especiais, chamadas de antigravitacionais, com o objetivo de facilitar a circulação do sangue; aos congressistas já acometidos de distúrbios circulatórios os organizadores ofereciam pílulas de Priscoline, um fármaco elaborado por Babson contra a gravidade. Numa sala lateral estava em exposição a cama de Isaac Newton, pouco antes adquirida por Babson, na Inglaterra.

Até quando foi mantido em vida por Babson, o instituto se fez reconhecer não tanto pelos prêmios anuais para o melhor ensaio contra a gravidade, conferido por um júri de professores de física, quanto pela abundância de panfletos e opúsculos de caráter científico-moral que regularmente distribuía entre os possíveis interessados a esse tipo de pesquisa: bibliotecas, universidades, cientistas eminentes. Continham observações deste tipo:

"Muitas pessoas inteligentes estão convencidas de que as forças espirituais possam modificar a atração da gravidade, como se pode deduzir dos testemunhos de alguns profetas do Antigo Testamento, os quais se elevaram até o céu, e também pelo fenômeno da Ascensão de Jesus Cristo. Não podemos esquecer, além disso, o episódio de Jesus caminhando sobre as águas. Todos terão observado que os Anjos são sempre apresentados sob um desafio aberto às leis da gravidade."

No opúsculo de Mary Moore sobre o tema, *Gravidade e posição*, é proposto o uso de um busto adequado ou colete permanente com o objetivo de impedir que a gravidade, com sua atração obstinada, nos faça pender muito para frente ou muito para trás, o que habitualmente envelhece as pessoas muito rapidamente. No opúsculo contra as cadeiras, obra do próprio Babson, o fundador da Fundação explica por que é mais higiênico se sentar sobre os tapetes; se isso depois resultasse impossível (porque não há tapete, ou porque o tapete está sujo) permanece a iniciativa de se sentar de cócoras; e se tampouco isso era possível, sobre um banco alto não superior a dez centímetros.

Os piores efeitos da gravidade são sentidos, no entanto, quando por um grave descuido dormimos com o rosto para cima. Para não cair nesse hábito nocivo, é necessário abotoar atrás do colete da camisola ou do pijama uma bola de borracha, de cinco ou seis centímetros de diâmetro. Para esse fim será conveniente costurar uma espécie de bolso no colete, no qual será inserida a bola antes de se deitar, de modo que ela possa ser retirada quando mandamos a camisola ou o pijama para a lavanderia.

De qualquer forma, todos estão livres para resolver o problema da bola no pescoço a seu modo.

Em outro ensaio seu sobre o tema "Gravidade e ventilação", Babson exalta o uso saudável de deixar sempre abertas todas as janelas, no verão e no inverno, em qualquer clima. O autor confessa ter descoberto as vantagens da ventilação ainda muito jovem: naquela época estava gravemente adoentado de tuberculose, mas graças ao método de sua invenção (de jamais fechar nem portas nem janelas) conseguiu se curar da doença em poucos meses. Agora, na idade madura, por mais que nevasse e gritasse o vento fora de casa, Babson seguia trabalhando em seu escritório aberto às tempestades, envolvido em seu casaco aquecido com bateria; certos dias fazia tanto frio no cômodo que a secretária, ela também completamente envolvida em cobertas, era forçada a usar dois martelinhos de borracha para bater à máquina o que ditava o Fundador.

Ele havia também descoberto que para fazer sair o ar poluído convém dar aos pisos dos cômodos uma leve inclinação, de modo que a força da gravidade possa mandar embora o ar mofento através de buraquinhos abertos nas paredes, como se fosse uma água imunda. Uma casa desse tipo foi construída em New Boston: todos os pisos dos cômodos apresentam uma inclinação de 7%.

Roger Babson conhecido, sobretudo, como operador de bolsa, era além disso proprietário de uma companhia de diamantes, de uma grande empresa de lagostas enlatadas, de uma fábrica de alarmes de incêndio, de uma cadeia de supermercados e de muitas terras e cabeças de gado no Novo México, no Arizona e na Flórida. Um único temor, talvez, obscurecia sua vida: a bomba atômica. Em seu outro Instituto, a Utopia College, no Kansas, todas as construções eram ligadas por galerias subterrâneas, como previsão de um ataque do gênero. Pelo mesmo motivo, Babson havia realizado cem depósitos idênticos, ou depósitos de emergência, em cem bancos diferentes espalhados por toda a área geográfica dos Estados Unidos, de Porto Rico, passando pelo Alasca até chegar ao Havaí.

# Klaus Nachtknecht

Poucos anos após a descoberta do rádio, correu a notícia de suas propriedades maravilhosas, especialmente terapêuticas; notícia vaga e incerta, mas difundida. Partindo-se da premissa otimista de que tudo o que se descobre serve para alguma coisa, raramente desmentida depois pelos fatos – com exceção dos dois Polos, aquele do Norte e o do Sul –, o jornalismo honesto da época deu o devido destaque a todo tipo de hipótese, todas falsas, sobre essa nova fonte de radiação. Como no século XVIII as pessoas por moda se ofereciam, por extravagância, aos choques elétricos, também por moda as pessoas da primeira metade do século XX quiseram se tornar cobaias, por higiene, da radioatividade.

De Karlsbad a Ísquia as águas e as lamas termais foram autorizadamente analisadas, e, de fato, como é destino de todas as coisas no universo, descobriu-se que eram, em alguma medida, radioativas; águas e lamas se sentiram mais preciosas, e com cartazes enormes e suplementos de jornais anunciaram ao público sua nova condição salubre. Em Budapeste, o pai de Arthur Köstler, fabricante de sabão, igualmente fez analisar as terras das quais extraía alguns ingredientes de seu sabão; e sendo essas também reveladas, como todas as terras da Terra, radioativas, Köstler pai colocou à venda com o devido sucesso seus sabonetes radioativos, depois ditos radiais, cujos influxos benéficos tornavam, como era previsível, sempre mais saudável e mais bela a pele. Seu exemplo foi imitado em outros países. Quando explodiu a bomba de Hiroshima, e a muitas pessoas passou a ser claro que a radioatividade nem sempre tornava esplêndida a pele, esses sabões mudaram de nome e de publicidade, mas, com obstinação valiosa, termas e lamas radioativas, mantiveram ainda por muitos anos seu apelo declarado às forças secretas da natureza.

Com o mesmo espírito científico-publicitário, teve início, em 1922, aquela aventura orogenética admirável que foi a cadeia de hotéis vulcânicos de Nachtknecht e Pons. Filho de Pons, de Valparaíso, proprietário de uma conhecida cadeia de hotéis meramente oceânicos e balneários, dos quais as crônicas mundanas lembram o luxo asiático do Gran Pons, em Viña del Mar, no Pacífico, e a miséria europeia do Nuevo Pons, em Mar del Plata, no Atlântico, Sebastián Pons teve a sorte de conhecer, na Universidade de Santiago, um geólogo alemão emigrado, sem nenhuma fama e de nome Klaus Nachtknecht.

Constrangido pelas angústias de um exílio instável, Nachtknecht ganhava a vida como professor de alemão, matéria completamente eletiva, na Faculdade de Ciências, o que obviamente exacerbava sua insatisfeita paixão geológica, tornada ainda mais profunda pela muda, multitudinária, ultrapassada proximidade à Cordilheira dos Andes. Enquanto seus compatriotas morriam em Ypres como pulgas na frigideira, Nachtknecht cultivava em silêncio, na estufa de sua língua impenetrável, variadas, solitárias teorias; a Pons, que era seu discípulo predileto, revelou a mais cara, mais sonhadora e original, a teoria das radiações vulcânicas.

Em poucas palavras, Nachtknecht havia descoberto que o magma emite radiações de enorme poder vivificante e que nada é tão útil à saúde quanto viver sobre um vulcão, ou, em todo caso, sob um vulcão. Citava como exemplo e confirmação a beleza e a longevidade dos napolitanos, a inteligência dos havaianos, a resistência física dos islandeses, a fecundidade dos indonésios. Espirituoso como todos os alemães, exibia um gráfico atualizado sobre o comprimento do membro viril nos vários povos e países do mundo, com picos, sem dúvida, invejáveis nas regiões vulcanicamente mais ativas. Esse gráfico, que nas esferas acadêmicas teria sido acolhido talvez com perplexidade, acabou por convencer seu jovem aluno.

Tornado herdeiro dos hotéis de seu pai, em 1919, e de uma mineradora de molibdenita de sua tia, em 1920, Pons confiou seus bens de praia a um administrador inglês, portanto de confiança, e os bens de escavação a um engenheiro chileno sem pernas, portanto ainda mais de confiança; em seguida, com seu amigo e professor, lançou-se no empreendimento que o tornaria, num primeiro momento, famoso, mas, num segundo momento, tão pobre que precisou aceitar o ofício de cônsul chileno, em Colón (no Panamá), com um salário miserável e num clima infernal. Havia sido Nachtknecht quem, em primeiro lugar, lançou a ideia de um estabelecimento, ou hotel, ou casa de saúde às margens de um vulcão; naturalmente, os hóspedes não podiam estar de forma alguma doentes (aliás, quem não está doente?), mas, sim, pessoas de todas as idades e de boa condição física; ao contrário, mais saudáveis e mais vigorosos eram os clientes, mais segura a reputação do estabelecimento como lugar de cura.

O Mestre era avesso a publicar livros numa língua para ele desprovida de toda lógica como o espanhol (uma língua que renunciara havia séculos ao máximo ornamento do pensamento, que consiste, como se sabe, em encerrar todo discurso com o verbo), mas Pons o induziu a preparar pelo menos algum folheto, não precisamente publicitário, mas, de todo modo, adequado a difundir entre o público ignorante os princípios e as qualidades da nova radiação.

Assim, apareceram por volta do fim de 1920 *El Magma Saludable* e, em 1921, *Acerquémonos al Volcán* e *Lava y Gimnasia*, todos os três traduzidos, ou em todo caso, corrigidos por Pons e publicados em Santiago, com uma tiragem praticamente ilimitada e com um papel tão decadente que as únicas páginas realmente legíveis eram aquelas escritas num único lado. Dois anos depois, contemporaneamente aos trabalhos de construção do primeiro hotel da cadeia, apareceu ainda, sempre assinado por Nachtknecht, *Rayos de Vida* (33 páginas).

O plano original de Pons compreendia quatro hotéis-clínicas de luxo, que seriam construídos às margens do Kilauea, no Havaí, do Etna, na Sicília, do Pillén Chillay, na então província de Neuquén, na Argentina, do Cosigüina, na Nicarágua e, por fim, um quinto refúgio para solitários, num lugar qualquer, ainda a ser determinado, da ilha de Tristan da Cunha, no Atlântico; se possível na pequena ilha contígua, exatamente chamada de Inacessível.

No que diz respeito ao Havaí, logo surgiram dificuldades insuperáveis com a autoridade que se ocupava, desde 1916, do Parque Nacional dos Vulcões. Quanto ao lote de terra no Etna, adquirido em 1922 pelos agentes de Pons, com aproximadamente 2 mil metros de altura, foi arrastado poucos meses depois por um verdadeiro mar de lava e para todos os efeitos desapareceu do cadastro, tornado-se, além do mais, uma boca secundária do então voraz Mongibello.

Na Nicarágua, o agente em Manágua adiava o assunto inexplicavelmente; depois se soube que havia ficado todo o tempo na prisão por motivos políticos e que ali da prisão dirigia a agência de compra e venda de terrenos, o que não lhe permitia, certamente, comprar montanhas junto à fronteira com Honduras. De repente, fez-se vivo, sempre por carta, com a notícia de que o vulcão Cosigüina não dava sinal de vida desde o distante 1835 (depois se soube que isso também não era verdade) e que, ao contrário, podia vender um terreno muito apropriado na florescente ilha de Ometepe, no lago Nicarágua, precisamente entre dois grandes vulcões, o Madera e o Concepción, exuberantes na vegetação e muito ativos na erupção. Pons escreveu para a Embaixada da Nicarágua para saber mais sobre eles; surpreendido no local, o agente cultural lhe explicou que exatamente naquele ponto da ilha se encontrava a grande penitenciária de Ometepe e que muito provavelmente o agente estava tentando lhe vender a prisão onde pagava por suas errôneas escolhas políticas. Assim, o hoteleiro-minerador teve que renunciar também o projeto nicaraguense.

Não lhe restava senão voltar sua atenção aos dois projetos meridionais, aquele patagônico e aquele atlântico; para o primeiro deveria tratar com argentinos, para o segundo, com ingleses: todas pessoas de confiança, europeias, convenientemente avarentas e severas. Pons imaginava que Tristan da Cunha fosse facilmente alcançável pelo mar, o que parecia muito plausível a partir do momento em que se tratava de uma ilha; em seguida, explicaram-lhe que os barcos do serviço regular chegavam ali apenas uma vez por ano, aproximadamente no fim de outubro. Aliás, tais barcos partiam de Santa Elena, sede estável do governador; mas como chegar a Santa Elena, em Valparaíso, ninguém sabia e jamais havia tentado. Tudo isso teria tornado certamente estável a estada eventual dos clientes eventuais do hotel, mas pelas mesmas razões teria tornado, sem dúvida, problemática sua construção. Além do mais, há séculos que os vulcões da ilha mantinham intacta sua inatividade.

Pons decidiu, então, adiar a viagem para Tristan da Cunha e concentrar seus primeiros esforços no Neuquén. O Pillén Chillay se erguia – ainda se ergue – na fronteira entre Neuquén e Rio Negro, e era mais facilmente acessível por San Carlos de Bariloche; a estrada, toda de pedras pontiagudas, era muito panorâmica, e as pessoas do lugar – quatro no total – a chamavam de fura-pneus. Essas quatro pessoas eram obstinadamente germânicas e reinavam solitárias naqueles desertos povoados por milhares de ovelhas de lã comprida que tocava a terra; possuíam, além disso, um número não menos ilimitado de porcos.

Entre ovelhas e porcos, Pons logo descobriu que qualquer tipo de comunicação era impossível com os alemães; os quais eram, quase sempre, tão teimosos que ainda diziam ter vencido a Guerra Mundial. Quebrada uma Ford modelo T, destroçada uma Studebaker ainda mais robusta, Pons foi forçado a voltar para Bariloche a pé porque os cavalos que a conheciam se recusavam a percorrer uma estrada semelhante.

Mesmo em Bariloche, os índios nativos eram quase todos alemães e, por acréscimo, demonstravam uma notável desconfiança em relação aos clientes, tradicionalmente considerados bandidos ou putas, segundo o sexo.

Sebastián conseguiu, enfim, enviar um telegrama para Nachtknecht, que havia ficado em Santiago. A esse seu apelo respondeu imediatamente o Mestre: pegou o Transandino, chegou a Puente del Inca e ali permaneceu um mês e meio bloqueado pela neve. De Puente del Inca, Nachtknecht desceu, por fim, para Mendoza, em direção a Uspallata, e quatro meses depois chegava a Bariloche.

Na chegada do Professor, toda a comunidade alemã se livrou da letargia patagônica, e em brevíssimo tempo o hotel de Pillén Chillay se tornou uma realidade. Havia uma lenda que por trás de toda colina ou montanha, cidreira antiga ou penhasco errático estivesse escondido um alemão pronto para ser jardineiro ou barman ou garçonete de cervejaria ou motorista ou lenhador, até mesmo sobre um vulcão; muitos deles eram austríacos ou poloneses, mas eram chamados genericamente de alemães, como genericamente eram chamados de turcos os numerosos árabes dos arredores, que aos poucos correram até Nachtknecht para oferecer seus não menos erráticos serviços.

O vulcão era muito bonito, com a neve lá em cima e os declives cobertos de bosques, e lá embaixo dois lagos insólitos em forma de parêntese, bem azuis, frios como o gelo. O hotel, de madeira e tijolos, se erguia à metade da costa; muito bem aquecido, as tempestades de neve o tornavam inalcançável apenas cinco meses por ano. Entre seus serviços, além dos banhos de neve com sauna finlandesa e da pista de esqui com teleférico a vapor até a cratera, era prevista uma vasta gama de atividades propriamente vulcânicas: banhos de lava quente, inalações de gases sulfurosos, piscina corrosiva, academias de choques e jogos telúricos de vários tipos, grutas radioativas, uma explosão de nitroglicerina com queda de rochedos todos os dias ao meio-dia, ar condicionado sulfuroso nos quartos e na grande sala de almoço, passeios nudistas à cratera e às fendas vizinhas, venda de piroclastos esculpidos em estilo autóctone e um esplêndido sismógrafo na sala de dança. Havia também um projeto de teatro vulcânico, *all'italiana*, com espetáculos noturnos e fogos de artifício sobre a neve, e incluída uma criação natural de porcos junto ao duplo lago.

Esses últimos projetos ficaram, infelizmente, na fase de projeto. De fato, dois meses antes da inauguração, na ocasião da erupção esconjurada de março de 1924, todo o hotel desapareceu sob uma camada – seis metros de densidade – de detritos vulcânicos, pó, cinzas, piroclastos e lava. Nachtknecht ficou ali soterrado, com a maior parte dos encarregados pelos trabalhos. Pons, mais sortudo, se encontrava por acaso em Bariloche; teve que vender tudo o que tinha para pagar as indenizações aos parentes das vítimas, 75 mortos e 2 queimados.

# Absalon Amet

Absalon Amet, relojoeiro de La Rochelle, pode ser considerado, num certo sentido, o precursor de uma parte não desprezível daquilo que depois viria a se chamar filosofia moderna – talvez de *toda* a filosofia moderna – e mais precisamente daquele vasto campo de pesquisa com objetivo voluptuário ou decorativo que consiste na aproximação casual de vocábulos que no uso corrente raramente são aproximados, com subsequente dedução do sentido ou dos sentidos que eventualmente se possam extrair do conjunto; por exemplo: "A História é o movimento do nada em direção ao tempo", ou "do tempo em direção ao nada"; "A flauta é dialética", e combinações semelhantes. Homem do século XVIII, homem engenhoso, Amet jamais pretendeu a sátira nem o conhecimento; homem de mecanismos, outra coisa não quis mostrar senão um mecanismo. No qual se escondia ameaçador – mas ele não sabia – um futuro fervilhante de torpes professores de semiótica, de brilhantes poetas de vanguarda.

Amet havia inventado e fabricado um Filósofo Universal que no início ocupava a metade de uma mesa, mas, no fim, ocupava todo um cômodo. Essencialmente, o aparelho consistia num conjunto muito simples de rodas dentadas carregadas por uma mola e reguladas em seu movimento por um mecanismo especial de impulso que periodicamente parava a engrenagem. Cinco (na versão inicial) dessas rodas, de diâmetros variados, eram coaxiais com outros cilindros grandes e pequenos, inteiramente cobertos por chapas, e sobre cada uma delas estava escrito um vocábulo. Essas chapas passavam, por sua vez, diante de uma tela de madeira provida de janelinhas retangulares de modo que, a cada impulso, olhando pelo outro lado da tela, se podia ler uma frase, sempre casual, mas nem sempre desprovida de sentido. Marie Plaisance Amet, única filha do relojoeiro, lia essas frases e transcrevia as mais curiosas ou apodíticas em seu caderno enorme de contadora.

Os vocábulos do primeiro cilindro eram todos substantivos, cada um deles precedido pelo artigo correspondente. No segundo cilindro, estavam os verbos. No terceiro, as preposições, próprias e impróprias. No quarto, estavam escritos os adjetivos, e no quinto, de novo, os substantivos, porém diferentes daqueles de antes. Os cilindros podiam ser operados para cima e para baixo à vontade, o que permitia uma variedade quase infinita de combinações. Todavia, essa primeira forma do Filósofo Universal, *à six mots*, era até muito evidentemente rudimentar, a partir do momento que só podia fornecer pensamentos do tipo: "A vida-gira-até-igual-ponto",

"A mulher-escolhe-sob-baixos-impulsos", "O universo-nasce-de-muita-paixão", ou outros ainda mais frívolos.

Para um mecânico experiente como Amet, forjar um Filósofo mais evoluído, ou seja, capaz de produzir giros sintáticos mais audaciosos e sentenças mais memoráveis, era só questão de paciência e de tempo, duas qualidades que a definhada comunidade protestante de La Rochelle não negava certamente aos seus membros. Acrescentou advérbios de todo gênero: de modo, lugar, tempo, quantidade, qualidade; acrescentou conjunções, negações, verbos substantivados e cem requintes semelhantes. Todas as vezes que o relojoeiro inseria rodas, cilindros e janelinhas na tela de leitura, o Filósofo aumentava de volume e, também, de superfície. O rumor das engrenagens evocava à jovem Plaisance o estrondo interno de um cérebro ocupado, enquanto à luz de uma, de duas e, por fim, de três velas, todo impulso lhes oferecia um pensamento, e cada combinação, um tema de reflexão, nas longas noites de outono diante do oceano cinza.

Não que anotasse em seu caderno frases do tipo: "O gato é indispensável ao progresso da religião", ou "Casar-se amanhã não vale um ovo agora"; mas quantas vezes sua caneta ignorante anotou conceitos até então obscuros e que um século, dois séculos depois seriam considerados iluminados. Na seleção publicada, em Nantes, em 1774, a nome de Absalon e de Plaisance Amet, com o título *Pensées et mots choisis du philosophe mécanique universel*, encontramos, por exemplo, uma frase de Lautréamont: "A música sapiente falta ao nosso desejo", uma de Laforgue: "O sol depõe a estola papal." Qual sentido da irrealidade futura induziu a jovem – ou seu pai por ela – a escolher entre milhares de frases insensatas essas que um dia teriam merecido a antologia? Mas mais notáveis, talvez, sejam aquelas de caráter tipicamente filosófico, no sentido mais amplo da palavra. Surpreende ler em um livro de 1774: "Todo o real é racional"; "O fervido é a vida, o assado é a morte"; "O inferno são os outros"; "A arte é sentimento"; "O ser é devir para a morte"; e tantas outras combinações do gênero hoje tornadas mais ou menos ilustres.

Não surpreende, ao contrário, saber que as únicas três cópias sobreviventes do livro dos Amet se encontram agora, todas as três, na pequena e desordenada biblioteca municipal de Pornic, no noroeste de Loire. Encontrá-las, agora, talvez seja tarde demais: logo virá o dia, de fato, se já não veio, em que todas as proposições do Filósofo Mecânico Universal, e tantas outras combinações de vocábulos, ainda serão acolhidas com o devido respeito no seio generoso da História do Pensamento Ocidental.

# Carlo Olgiati

Em 1931, no limiar dos 80 anos, Carlo Olgiati de Abbiategrasso publicou, finalmente, sua obra fundamental em três volumes, *O metabolismo histórico*, produção singular da Editora La Redentina, de Novara, que outra coisa não era que uma fábrica de doces, propriedade do autor. Esse exemplo notável da atual quase extinta vivacidade intelectual lombarda teve uma vida cheia de privações, para não dizer que não teve vida alguma: sequestrado imediatamente pelas autoridades fascistas, melhor destino não conheceu nos anos sucessivos, tanto que hoje de toda a edição não resta senão uma dúzia de exemplares, quase todos incompletos e na mão de particulares. Uma das cópias completas se encontra, desde 1956, nas estantes ordenadas da Duke University, na Carolina do Norte; desse quase incunábulo provém uma edição reduzida em exemplar fotocopiado, em 1958, única fonte acessível dos sobressaltos intermitentes de atenção que ainda provoca o nome de Olgiati, quarenta anos depois de sua morte.

O Mestre havia dedicado mais de vinte anos à elaboração de sua teoria sócio-biológico-econômica. Uma primeira versão senil, de maneira nenhuma completa, intitulada *A luta dos grupos na fauna e na flora* e publicada em 1917, ou seja, em plena guerra, ainda tivera menos sucesso do que depois aconteceria com a versão definitiva; aliás, foi o próprio autor quem a retirou das livrarias de Milão, Novara, Alexandria e Casalmonferrato, talvez descontente pela sua incompletude, talvez irritado pelo fato de que nenhum jornal, nem revista, nem publicação de todo gênero lhe tivessem dedicado uma única resenha.

Último entre os grandes construtores de sistemas, Olgiati era também conhecido como proprietário de uma fábrica de biscoitos, especialidade local de Cuggiono, nos arredores de Abbiategrasso, chamados de Prussiani; por motivos totalmente estranhos à filosofia havia sido forçado a fechar a fábrica, à margem do Ticino, porém à beira da falência, um ano depois da entrada da Itália na guerra. O estabelecimento conseguiu reabrir as portas apenas em 1919; os biscoitos, mesmo sendo os mesmos, agora eram vendidos com o nome muito agradável de Redentini. No ínterim, Olgiati havia mudado um pouco sua concepção da história; a essa sua visão mais coerente teria depois dedicado os longos anos de paz relativa e de miséria inquestionável que seguiram.

Inteligentemente inserida nas correntes mais frequentadas do pensamento moderno, a sua é uma filosofia bioquímica da história, munida por uma minuciosa, complexa e improvável teoria genético-econômica, segundo a qual todo aspecto do devir histórico é emanação e resultado do contraste inevitável entre os vários grupos que diferenciam a população, também animal e vegetal; tal contraste, inconciliável e onipresente, é por ele chamado "luta de grupo" e definido como primeiro motor do metabolismo histórico.

Os primeiros grupos (O, A, B, AB) haviam sido descobertos, em 1900, por Landsteiner; Olgiati não teve ocasião, mesmo porque já havia morrido, de levar em consideração aqueles outros, como o MN e o RH, descobertos em tempos mais recentes. Esses outros grupos, todavia, não apresentam problemas especiais naquilo que diz respeito às transfusões de um grupo a outro, causa principal do dito conflito permanente.

Sob o nome de olgiatismo ou mais simplesmente de metabolismo histórico, a teoria cria a hipótese e demonstra a inevitabilidade do olgiatismo, de fato, entendido como estado ideal em que todos os grupos se fundem num único, assim os conceitos de Estado, lei, dinheiro, caça, sexo, polícia, salário e transformação de energia em calor e trabalho mecânico não desenvolvem mais nenhuma função e, por conseguinte, desaparecem da história.

Dada a incompatibilidade existente entre os diversos grupos, acontece que um indivíduo do grupo O não pode receber líquidos de nenhum outro grupo; vice-versa, seus líquidos são bem aceitos em todos os quatro grupos, e por isso se costuma designá-lo com o nome de doador universal. Os membros do grupo A ou do grupo B podem apenas receber líquidos de seu mesmo tipo, além do grupo O; aqueles, ao contrário, do grupo AB aceitam os líquidos de todos os outros grupos. Isso vale, segundo o autor, para toda a fauna e para toda a flora.

Já em sua primeira publicação de 1917, Olgiati havia arriscado definir a história como resultado da interação – "luta", segundo o título – dos vários grupos. Os conhecimentos científicos da época eram, nesse campo, muito vagos; aqueles de Carlo Olgiati, vaguíssimos. Futuros progressos da pesquisa, novos contatos com interessantes publicações turístico-médicas de Bellinzona e Mendrisio, levaram o filósofo a elaborar uma teoria muito mais geral e compreensiva, aquela depois chamada de metabolismo histórico, cujos adeptos desde os primeiros tempos foram chamados de olgiatistas.

Fundamentalmente, os olgiatistas acreditam que a história – também conhecida como meteorologia social – seja governada por leis bioquímicas que a mente humana (leia-se Olgiati) deveria ser capaz de descobrir, seja mediante o estudo direto dos fatos histórico-meteorológicos, seja mediante a pesquisa em laboratório. O conhecimento dessas leis permite ao teórico prever, até mesmo em seus mínimos detalhes, os desenvolvimentos futuros do tempo atmosférico social. Os mais acalorados olgiatistas, como Romp de Vallebruna – em franco desacordo com o notável Vittorio Volini –, não hesitaram falar das "bases graníticas da evidente necessidade meteorológica" sobre as quais se apoia o determinismo olgiático, também chamado olgiatiano ou olgiatítico. Como frequentemente ocorre, até mesmo as dúvidas do Mestre se convertem em dogma para os discípulos.

A teoria prevê, ou melhor, postula, a inevitável vitória final dos doadores universais, ou grupo O; paradoxalmente, essa certeza fez com que os mais enfurecidos olgiatistas fossem recrutados entre os membros dos outros grupos. Sendo de fato inevitável a vitória dos doadores universais, não se vê por que esses devam se servir, se esforçar e se castigar para provocar um evento que, em todo caso, deverá acontecer. Quanto ao motivo que leva e levava o grupo A e o AB a abraçar a causa alheia com tanto empenho, várias hipóteses, nenhuma inteiramente satisfatória, foram avançadas pela escola psiquiátrica de Turim. Aquela de Roma argumenta se tratar, ao contrário, de pura e simples analidade, isto é, tendência de exibir ou de empinar o ânus, com objetivo cômico ou educativo. No grupo B a analidade com muito mais frequência se torna oral.

Difícil resumir em poucas palavras a grande corpulência conceitual olgiatiana, presente nos três densos volumes do texto clássico de 1931. Será conveniente começar pelas leis que regulam o processo histórico-meteorológico da matéria viva. A primeira delas determina a direção. Em sua forma mais geral, a lei afirma que toda modificação da taxa de oxidação provoca modificações necessárias em todos os setores da fauna e da flora. Ideias, números de patas, magistratura, busca de comida, até mesmo o pensamento religioso e a forma dos chifres constituem parte integrante da superestrutura fitozoológica inevitavelmente constrangida a mudar de acordo com as mutações do processo oxidante metabólico, que dirige a transformação da energia química dos glícidos, dos lípidos, dos prótidos e dos núcleo-prótidos em calor e trabalho mecânico. Como o desenvolvimento tecnológico conduz inelutavelmente ao emprego de órgãos de reprodução sempre maiores, chegará o momento em que somente a comunidade dos vírus e dos plânctons em seu conjunto será capaz de fornecer um suporte adequado a essa produção constantemente em aumento de calor e trabalho mecânico.

Talvez seja errado, escreve Olgiati, afirmar que as ideias e outros fatores nervosos e anatômicos não tenham nenhuma influência sobre a meteorologia social; importa, no entanto, reconhecer que eles não são agentes independentes. Nem se pode sustentar que a degradação histórica seja regulada exclusivamente por impulsos materiais ou puramente químicos; porém, é necessário admitir que os vários fatores orgânicos comumente ditos idealistas, como o antagonismo esportivo, o sentido de propriedade, o incesto extrafamiliar e a proibição de comer carne humana crua são eles mesmos produtos dos processos de oxidação social e seus efeitos diretos e indiretos sobre a fauna e a flora.

Foi objetado, sobretudo, por parte de certa crítica progressista nostalgicamente iluminista, retrógrada e desempenhada, que se na ampla gama dos processos metabólicos é sempre possível caracterizar as causas de quase todos os desenvolvimentos histórico-meteorológicos naturais, é também inegável que muitos dos fatos conectados à troca oxidativa são efeito, na mesma medida em que são causa, de desenvolvimentos latentes ou presentes na economia bioquímica; por exemplo, as mudanças da moda feminina, as transformações do hábito sexual dos religiosos, das boas maneiras à mesa e até mesmo das manchetes dos jornais têm uma influência muito bem caracterizável sobre o consumo de glícidos, lípidos, prótidos, núcleo-prótidos etc., e, portanto, se tornam fatores determinantes da produção de calor e trabalho mecânico. Provém disso um verdadeiro labirinto de causas e efeitos no qual pareceria impossível qualquer profecia.

Muito sensatamente Olgiati refuta essa objeção postulando que qualquer mudança fundamental no metabolismo fitozoológico é de caráter não tanto ideológico quanto tecnológico. O progresso tecnológico, embora dependente de desenvolvimentos políticos, esportivos, astronômicos, epidêmicos e de outros gêneros, é incessante; então, tanto a fauna como a flora tenderão sempre a produzir quantidades crescentes de calor e de trabalho mecânico. Em muitos lugares, foi dito que a interpretação química da história exagera um pouco quando nega toda e qualquer autonomia ao desenvolvimento intelectual e espiritual dos vírus e do fitoplâncton; apesar disso, é necessário admitir que Olgiati enriqueceu imensamente o panorama das ciências zoobotânicas, entre elas a etologia e a ecologia, forçando-as a reconhecer que o mero crescimento e a mera multiplicação das transformações bioquímicas, tecnológicas e energéticas está na base de certos aspectos muito importantes da evolução do animal e do vegetal como produtores e reprodutores de trabalho mecânico.

No processo dialético do metabolismo se distinguem dois momentos opostos fundamentais, os quais se sucedem e se sobrepõem alternadamente. O momento sintético é aquele dito anabólico, por meio do qual se tem a formação da substância própria e específica de todo organismo individual ou órgão fitozoológico, não só a armazenagem de material de reserva, a custo de substâncias que a fauna e a flora extraem do ambiente exterior e utilizam para se desenvolverem, para se manterem e para reparar a usura contínua. O segundo momento, analítico, é aquele dito catabólico, caracterizado pela decomposição dos materiais de reserva ou dos produtos específicos da troca em elementos mais simples, os últimos dos quais são habitualmente eliminados através dos assim chamados institutos de excreção (gabinetes, manicômios, cemitérios, zoológicos, lixões, hospitais, prisões, fornos crematórios e semelhantes).

Todo processo energético verdadeiramente importante nasce para Olgiati do conflito total ou dialético entre esses dois momentos ou princípios. Daí se deduz que qualquer medida tendente a reduzir prematuramente a tensão entre fauna e flora e, mais especificamente, toda oxidação que não seja total ou instantânea, é considerada obstáculo ao progresso do organismo fitozoológico em seu conjunto. Dessa negação do valor progressista das oxidações parciais, e em geral de toda medida de caráter meteorologicamente interlocutório, obtém, além disso, a absoluta necessidade da revolução.

Aqui não será supérfluo observar que o pensador de Abbiategrasso não era o que se costuma dizer um entendido dialético, e que sua teoria apresenta, portanto, muitas lacunas, quando não buracos, para ser mais exato; pelo menos porque o mesmo processo dialético, como por ele descrito, requer que toda revolução seja seguida, se se pretende manter a história viva, tanto animal quanto vegetal, por uma segunda revolução, e assim até chegar ao catabolismo total. De fato, diante dessa objeção, os sobreviventes olgiatistas tendem a se refugiar no chamado "misticismo dos grupos", no que diz respeito à luz das descobertas sucessivas ele também aparece quase totalmente desprovido de valor heurístico, pelo menos em sua postulada relação causal com o metabolismo dos vírus e do fitoplâncton.

Olgiati atribuía importância especial à atual verdade pacífica de que os vários grupos se encontram, às vezes, em conflito entre eles; conflitos que se manifestam não só no momento da transfusão, com resultados frequentemente letais, mas também na vida corrente, por exemplo através da escolha de peças de vestuário discordantes, com resultados não menos letais. Ele quis, no entanto, radicalizar os termos desse antagonismo químico natural até chegar ao ponto de afirmar que grupos diferentes não apresentam nem podem apresentar processos oxidativos em comum, e que sua luta, que já se intitulava não por acaso o opúsculo opinável de 1917, somente terá fim com a vitória final e total dos doadores universais. Depois disso, todos os outros grupos serão definitivamente banidos nos institutos de excreção.

Essa sua crença apocalíptica se une à sua fé cega, caracteristicamente setentrional, na transcendente superioridade da atividade privada sobre a atividade mental, mesmo que no sereno. Num certo sentido, a luta entre os grupos se identifica no pensamento olgiatiano com o conflito imanente entre movimento e paralisia. Como quer o princípio de Heisenberg, o conflito é obrigatoriamente um conflito ao último líquido, e não admite trégua nem composição. A vitória do grupo O não será completa sem a extinção definitiva de todos os outros grupos, do grupo A, B e, sobretudo, do grupo AB. Parece, portanto, inevitável que antes de alcançar o orgasmo final, o peristaltismo conflituoso deva desembocar na assim chamada "ditadura do grupo O", como fórmula meteorológica transitória de excreção durante a passagem da ordem anabólica àquela catabólica.

No que diz respeito ao ponto maciçamente controverso da transformação da energia histórico-atmosférica em calor e trabalho mecânico, Olgiati elabora no atual, e quase esgotado, terceiro volume do *Metabolismo* uma teoria particularmente cativante, mas não igualmente convincente, fundada em parte sobre os princípios do zoólogo inglês Abel Roberto, naquela época já repudiados em todo o mundo civil, exceto no enclave lombardo, e em parte sobre uma pessoal concepção sua da mais-valia ou poupança ecológica, ali definida como a diferença entre metabolismo basal e metabolismo adicional.

O metabolismo adicional varia em relação ao dispêndio energético proveniente do trabalho mental, a regulação da umidade, os processos digestivos e as atividades secundárias e terciárias, como distribuição e serviços. O metabolismo basal corresponde, ao contrário, ao dispêndio energético mínimo e irredutível do conjunto fitozoológico; em outras palavras, corresponde à entidade dos processos oxidativos globais de toda a fauna e flora em condições basais (jejum completo, abstenção de todo prazer dos sentidos, imobilidade total, total falta de pensamento, trilha agradável de canções).

Esse metabolismo basal é medido diretamente, segundo Olgiati, sobre os doadores universais do grupo O (vírus e fitoplâncton incluídos), por vezes designados pelo autor com a expressão arcaica e genérica de "proletariado de natureza". Em tais condições de subsistência ou de alienação, o dispêndio energético de sobrevivência é determinado pelos processos oxidativos necessários à manutenção da função cardíaca, da função respiratória, do tom muscular, da função dos rins, do fígado, do aparelho digestivo e das glândulas endócrinas. Está subentendido pelo autor que o estado ideal, do qual se extrai a medida desse metabolismo mínimo ou proletário, exclui taxativamente o exercício da função reprodutora, reservado por definição à fauna e à flora em alto nível oxidante. Agora está bastante evidente, até mesmo aos olhos de um milanês, que também em condições basais mínimas o proletariado não só sobrevive, mas, de algum modo, mesmo entre dificuldades bioquímicas enormes, se reproduz. O autor propaga essa contradição revelando que a quota necessária para a reprodução é calculada como parte constitutiva da diferença entre metabolismo adicional e metabolismo basal, já definida como mais-valia ou poupança ecológica. Como dessa poupança ecológica deve ser considerada excluído o grupo O, e o ordenamento atual da fauna e da flora destinado ao serviço e exclusivo usufruto dos outros grupos, mas em especial modo do grupo AB, a quota de reprodução dos vírus e do fitoplâncton é contabilizada entre as fontes de renda não trabalhistas, isto é, benefício, renda e juros.

Boa parte do terceiro volume do *Metabolismo* é dedicada à elaboração da teoria dessa exploração tecnológica dos doadores universais em vantagem sobre outros grupos não doadores; e é aqui que foram confrontadas as aporias mais visíveis. Fato ainda mais grave, o próprio dogma da passagem do anabolismo ao catabolismo como condição inevitável de renovação foi brilhantemente refutado pelo inglês F. H. Lamie (leia-se *Olgiati's End of Time, Procee-*

*dings of the Aristotelian Society*, LXIII, 25-48); o qual conseguiu demonstrar também em laboratório que, dada a impossibilidade de retornar de um estado de catabolismo generalizado a um estado de anabolismo construtivo, a única alternativa que sobra – e não só aos vírus e ao fitoplâncton – é a morte, ou um eterno catabolismo cadente ou periclitante caracterizado pela paralisia progressiva de toda função tanto produtiva como reprodutiva. O que equivaleria, em última análise, como bem explica Lamie, à proposta "de um estado de coma infinito como meta suprema da vida". Proposta esta inaceitável tanto para a fauna quanto para a flora.

# Antoine Amédée Bélouin

Em 1897, Antoine Amédée Bélouin idealizou o Projeto Bélouin, destinado a subverter o sistema das comunicações no iminente século XX. O Projeto Bélouin previa uma nova e ubíqua rede de transportes debaixo d'água. De modo genial, se tratava essencialmente de um trem submarino; como era de prever, seu objetivo era quase exclusivamente o de aumentar desmedidamente as riquezas e a glória da França, notável canalizadora e intermediária de oceanos e mares incompatíveis, graduada como construtora de canais.

O oposto de um canal é, na realidade, uma galeria, como a que já naquela época unia – ou quase – a França à Inglaterra; muito mais economicamente, Bélouin havia imaginado dois trilhos, estendidos com cuidado no fundo do mar, e um trem que corria sobre ele – ou deslizava, ou navegava –, sem paradas, claro, nem mesmo para se abastecer de água. Operação, esta última, que no fundo do mar pareceria, até mesmo aos olhos possibilistas do empreendedor entusiasta, paradoxalmente problemática.

Nenhum lugar mais adequado que o Báltico para uma rede semelhante de comunicação veloz; porém, o Báltico não pertencia ainda – ou não pertence mais – à França, por mais que uma forte dinastia, às suas margens, trouxesse o nome de Bernadotte, por mais que outra, mesmo se breve, trouxesse o nome de Valois. Bélouin presumia, no entanto, que não teria sido particularmente difícil, para o prestigioso governo francês, obter uma espécie de direito de prelação e de proteção sobre o fundo inútil daqueles mares, além do mais, feios, brumosos, frios e que precisariam ainda, num certo sentido, ser colonizados.

Uma via ferroviária submarina de São Petersburgo a Kiel, mais uma de Danzig a Estocolmo, e a Cruz de Lorena estava feita, como confirmação da até já muito confirmada capacidade de expansão do gênio francês. Mas esse era o aspecto do longo prazo do projeto; quanto ao futuro imediato, impunham-se desde então, com o carisma da inevitabilidade, os traçados Calais-Dover, Le Havre-Southampton, e ao sul do Mediterrâneo o leque Marselha-Barcelona, Marselha-Argel e Marselha-Gênova, além de uma linha eventual de diversão ou grande caça Bastia-Civitavecchia (*Réseau Bélouin: Premier Projet de Chemin de Fer sous la Mer*, Antoine Amédée Bélouin, Limoges, 1897).

Nesse seu manual de vias ferroviárias submersas, Bélouin admite tanto explícita quanto generosamente sua total incompetência técnico-científica nos vários tipos de problemas levantados por seu projeto (de fato, era professor de latim e de grego num liceu de província), mas não tem dúvida de que, confiada aos especialistas, a maior parte desses problemas irá se resolver, por assim dizer, sozinha: "O progresso da ciência moderna", declara, "foi nesses últimos anos tão vertiginoso que, se de um lado não existe mais um Cícero capaz de resumir em si todo o acervo de conhecimentos, por outro, pode-se muito bem dizer que a hora não está distante, na qual, graças ao esforço conjunto dos valorosos cientistas (*preux savants*) de hoje, todos os problemas passados e presentes do homem serão resolvidos, o que mais rapidamente nos permitirá colocar, expor e compor aqueles futuros."

A referência a Cícero, nesse contexto, não faz senão reforçar a originalidade do autor do projeto, o qual, pouco propenso à minuciosidade técnica de seu contemporâneo inventor de fábulas Jules Verne, delega prudentemente aos especialistas a tarefa de resolver, entre tantos outros, os seguintes quesitos: espessura das paredes couraçadas dos vagões de ferro, submetidos à notável pressão das profundezas marinhas; pressão interna do ar nos próprios vagões; regular funcionamento de uma locomotiva a vapor no fundo do oceano; iluminação (com os meios de 1897); colocação das plataformas sobre a lama primordial; obras de desmoronamento, pontes sobre abismos ou trabalhos semelhantes; declívios muito íngremes das linhas costeiras; passagem dos veículos da parte seca àquela molhada e vice-versa; sinais de perigo; salva-vidas em caso de acidentes menores ou maiores; resistência da água ao movimento; correntes; emergências de caráter técnico, como por exemplo esgotamento do carbono; comunicação entre um vagão e outro etc.

Em compensação, Bélouin descreve detalhadamente as cadeiras, os gabinetes, as janelas duplas dos vagões, as quais serão construídas em forma de obus, por motivos mais balísticos que hidrodinâmicos. Descreve o serviço de vigilância, bons costumes e morais, tanto no interior do comboio quanto nas aduanas de partida e chegada; o aquecimento, mediante painéis duplos de cobre cheios de blocos de antracites acesos no momento da partida; o escudo de impulso da locomotiva, que será em forma de tubarão, ou melhor, de peixe-espada (*narval*). Prevê um vagão mais blindado que os demais, protegido por inúmeras carabinas, para o transporte de bens preciosos, barras de ouro e documentos de Estado; prevê compartimentos especiais para o transporte de cadáveres e outros para religiosos. E, por fim, prevê, como consequência indireta desses contatos submarinos cosmopolitas, uma maior irmandade entre as nações, sob o signo iluminado e inesgotável do talento francês.

# Armando Aprile

Armando Aprile teve a consistência de um fantasma. Nada restou dele, exceto um nome que parece falso e um endereço que não era o seu, num manifesto que um dia apareceu pelas ruas de Roma. Efêmero utopista, ele propôs ao mundo uma ordem, mas o mundo, ao que parece, não a quis. Assim dizia o manifesto:

ATENÇÃO – MENSAGEM MUITO IMPORTANTE – Data de lançamento 01-12-1968 – Juro que farei respeitar as seguintes leis, se o Povo mundial se unir a mim trazendo por reconhecimento: o relógio no pulso direito; ou um duplo AA impresso numa parte visível da pessoa ou sobre as roupas. O lenço para o nariz: verde. Uniformes, única cor: branco ou azul, sapatos pretos no caso de luto; a bandeira, branca e/ou azul.

Essas leis servem para formar a igualdade salarial, dividida em seis: Maior salário: aos primeiros 36 Dirigentes do Mundo. Segundo salário: aos 36 mil Dirigentes do Mundo. Terceiro salário: aos Juízes. Quarto salário: aos Cientistas, Doutores, Comissários, Engenheiros, Advogados, Generais, de qualquer modo até o Primeiro-Sargento dos Carabineiros, a todos aqueles do Espetáculo e do Esporte *et cetera*. Quinto salário: aos do departamento de Finanças, à Marinha, às Polícias Cicil e Militar, aos Estudantes, Militares, Empregados etc. Sexto salário: às Crianças, do nascimento até os 12 anos, e aos Presos condenados por homicídio. Os condenados por homicídio trabalharão dez horas por dia, as outras condenações serão pagas com dinheiro, portanto, trabalharão livres oito horas por dia, até quando conseguirem terminar de cumprir a condenação; todos podem usufruir da boa conduta, aqueles especificamente livres trabalharão, ao máximo, cinco horas das 24 horas do dia.

4. Os desempregados terão pagado o dia como se trabalhassem.

5. Os aposentados por velhice, os infortunados e doentes terão pagado o dia como quando trabalhavam, além de todas as assistências, remédios e internação grátis.

6. Podem trazer o uniforme todos os jovens de qualquer altura e sexo, contanto que não tenham sido condenados por homicídio.

7. Onde for possível, em todo lugar de trabalho haverá ar-condicionado, móveis sempre novos, máxima limpeza *et cetera*.

8. Todos, depois do 21º aniversário, terão direito a um alojamento novo e gratuito, no país onde sua profissão lhe permite a residência.

9. Falaremos todos uma única língua, e será punido com multa quem falar em dialeto.

10. Meu novo sistema de automóveis *et cetera* nos permitirá evitar 90% de todos os acidentes.

11. Ninguém pagará mais impostos porque tudo dependerá da primeira Direção Mundial.

12. O deserto poderá ser habitado e cultivado. (Esta minha simples ideia nos permitirá evitar as discórdias entre o Norte e o Sul de todas as nações.)

13. É admitido o divórcio, então melhor evitar realmente casar-se.

14. Vou mandar apagar o mais breve possível os vulcões porque além do perigo queimam uma quantidade de subsolo muito útil à evolução de hoje e talvez de amanhã.

15. Será muito provável que eu consiga retirar a água do mar deixando aquela necessária para a irrigação, porque é uma ameaça e um grande perigo para o planeta Terrestre, por exemplo, se alguém colocasse no mar batedeiras elétricas gigantescas, morreríamos todos num só segundo.

16. Prometo a imortalidade com certeza, ou seja: um jovem pode permanecer jovem e um velho pode voltar a ser jovem.

17. Todos que estiverem de acordo com estas leis, façam algo para me ajudar da forma que puderem, no campo financeiro, enviando uma oferta para este endereço, Aprile Armando – próximo a Giglio (243) St. Nicholas Av. Brooklin N. Y. (11237) América. Ajudem-me a espalhar pelo Mundo em mais línguas possíveis esta

mensagem e impeçam, ao mesmo tempo, que nossos inimigos espalhem por todos os lugares leis falsas.

18. Meus sinais de reconhecimento são: altura 1,54 metro, sem sapatos, sem chapéu, magro, moreno, rosado na pele, cicatriz no tórax à direita, uma pequena verruga ao lado da orelha direita, o rosto dividido ao meio por um sinal natural quase invisível, sobrenome e nome: Aprile, Armando, nascido em 29-12-1940.

# Franz Piet Vredjuik

Na longa discussão *post-mortem* entre Huygens e Newton sobre a natureza da luz se inserem, entre muitos outros, bispos, loucos, farmacêuticos, uma princesa de Thurn und Taxis, um entomólogo da Sagrada Porta, Goethe; seus títulos acadêmicos não eram sempre aqueles que o argumento solicitava, mas nenhum apresentou menos que Franz Piet Vredjuik, coveiro em Udenhout, nos Países Baixos, se é verdade que, como ele mesmo declara, em toda sua vida só havia lido dois livros: a Bíblia e as obras completas de Lineu. Esse seu mérito, que o torna único no acidentado campo da filosofia pós-newtoniana, se lê de modo explícito, não se sabe se ousado ou modesto, no prefácio de seu único opúsculo que chegou até nós: *O pecado universal, ou seja, Discurso sobre a identidade entre som e luz* (1776, Utrecht). Como qualquer um pode deduzir do título, o objetivo do breve tratado é o de demonstrar – ou mais exatamente afirmar, sem outra demonstração que não uma série de apelos precisos à intuição – que o som é luz, luz degenerada.

Do ponto de vista puramente estrutural, admitida a hipótese depois chamada de ondulatória, a proposta de

Vredjuik podia parecer defensável; muito menos aceitável parece, no entanto, sua motivação, a saber: que a causa eficiente e universal da degradação recorrente da luz em som fosse o pecado original.

Tal tese pressupunha, para começar, uma relação hierárquica entre som e luz tão evidente que quase não merecia outros esclarecimentos: a luz era por definição muito mais nobre que o som. Ainda hoje essa tácita prerrogativa vigora, quando não tende a se exasperar. Quase ninguém leu Vredjuik, mas todos estão de acordo em reconhecer os privilégios da luz; nada, por exemplo, pode superá-la em velocidade; se não houvesse luz, não haveria nenhuma outra coisa no universo; apenas a luz consegue prescindir da matéria; e assim por diante. Porém, ninguém argumenta atualmente, como Vredjuik, que isso acontece simplesmente porque apenas a luz, entre todas as manifestações do cosmo, não sofreu as consequências do pecado de Adão. Tão logo o pecado a toca, a luz se dissipa e se torna calor, sujeira, bestialidade, rumor.

A ideia da identidade fundamental entre luz e som caiu como um relâmpago em Vredjuik, explica ele mesmo, poucos dias depois da chegada ao mundo de sua segunda filha Margarethe. Durante uma noite, por volta das duas da madrugada, sua filha começou a berrar, como costumavam fazer os recém-nascidos holandeses naqueles tempos, quando de repente seus berros atingiram uma intensidade e um diapasão tão insólitos, que o pai, com as cobertas puxadas até os ouvidos, viu naquela total escuridão se acenderem três estrelas como raios: era um primeiro exemplo de som convertido em luz. Reflexões posteriores levaram Vredjuik a conjecturar uma relação direta entre esse fenômeno e o fato de Margarethe ter sido batizada naquele mesmo dia: não tendo, em seguida, cometido a criança nenhum pecado, suas cordas vocais ainda conservavam, e por um breve instante teriam conservado, a capacidade bivalente de emitir tanto som como luz; de fato, o fenômeno foi se espaçando com o tempo, na medida em que a recém-nascida se tornava, como ocorre no destino humano, cada vez mais uma pecadora imunda.

Outra prova decisiva, segundo Vredjuik, era a prova de disparo de mosquete distante: se se coloca um mosquete sobre um barril ou sobre o teto de uma casa, e a algumas centenas de passos se coloca um observador sobre outro barril ou sobre o teto de outra casa (na Holanda, as colinas são escassas), quando o mosquete dispara um tiro – melhor se à noite –, o observador vê uma pequena luz e depois de um instante não insignificante de tempo lhe chega o barulho do disparo. Obviamente se trata, nos dois casos, do mesmo fenômeno, referente à ignição de certa quantidade de pólvora de disparo: uma parte dessa luz, sem pecado, logo alcança o observador; a parte contaminada – quiçá quais mãos tocaram naquela pólvora – chega, ao contrário, com dificuldade, disfarçada de estouro. Do mesmo modo, esclarece ainda mais obscuramente Vredjuik, o sifilítico caminha com bengala.

Outros exemplos de luz sem pecado são: as estrelas, sobre as quais os pagãos afirmam que costumam produzir uma música, mas que certamente nos países cristãos não a produzem, por mais que o autor as tenha escutado em Udenhout por mais de uma noite, quando os animais e os rios silenciam; o sol, do qual jamais se ouviu um único estouro, e a lua, notoriamente silenciosa; a neblina, que nunca faz barulho; as luzes das igrejas holandesas reformadas (aquelas das outras igrejas emitem uma crepitação característica); os cometas (Vredjuik admite jamais ter visto ou escutado um, mas já lhe contaram); os olhos das crianças mudas (o quarto filho do autor era mudo); o renomado farol de Nova Amsterdam, hoje Nova York, e em geral toda a cadeia de faróis entre a Zelândia e a Frísia; alguns tipos benignos de fantasmas e fogos-fátuos.

O livro do esquecido coveiro de Brabante se encerra com uma "Advertência ao leitor" sobre a imoralidade intrínseca do barulho, da música, do canto e da conversação.

# Charles Carroll

Segundo Charles Carroll de Saint Louis, autor de *O negro é uma besta* (*The Negro a Beast*, 1900) e de *Quem tentou Eva?* (*The Tempter of Eve*, 1902), o negro foi criado por Deus junto com os animais, tendo o único objetivo de que Adão e seus descendentes não carecessem de garçons, lavadores de pratos, engraxates, adeptos às latrinas e fornecedores de serviços semelhantes no Jardim do Éden. Como os outros mamíferos, o negro manifesta uma espécie de mente, alguma coisa entre o cão e o macaco, mas é completamente desprovido de alma.

A serpente que tentou Eva era, na realidade, a criada africana do primeiro casal humano. Caim, forçado pelo pai e pelas circunstâncias a se casar com sua irmã, fugiu do incesto e preferiu se casar com um desses macacos ou servas de pele escura. Desse híbrido matrimônio brotaram as várias raças da terra; aquela branca, ao contrário, descende de outro filho de Adão, mais sério.

Acontece, consequentemente, que todos os descendentes de Caim sejam como seu macaco progenitor, sem alma. Quando a mãe é negra, o homem não pode transmitir para sua prole nem mesmo um rastro da alma divina. Por isso, somente os brancos a têm. Às vezes, acontece de um mulato aprender a escrever, mas o simples fato de que Alexandre Dumas possuísse uma espécie de inteligência não significa que também possuísse uma alma.

# Charles Piazzi-Smyth

O cargo oficial de Primeiro Astrônomo da Escócia era mantido por um professor da Universidade de Edimburgo chamado Charles Piazzi-Smyth. Piazzi-Smyth foi fundador da piramidologia popular com seu livro *A nossa herança na Grande Pirâmide*, publicado em 1864. Impresso quatro vezes, esse livro foi traduzido para quase todas as línguas europeias; ainda em 1923 o abade Théophile Moreux, diretor do observatório de Bourges e autor de *Os mistérios da Grande Pirâmide*, falava com grande respeito sobre ele.

Logo após o aparecimento do livro, agradavelmente impressionado por seu sucesso, Piazzi-Smyth pensou que houvesse chegado o momento de ir para o Egito, para dar uma olhada no objeto de seus estudos. Ao descer do camelo, fita métrica em mãos, fez imediatamente uma série de descobertas sensacionais, apresentadas, em 1867, ao público nos minuciosos três volumes de *Vida e trabalhos junto à Grande Pirâmide* (apenas havia ficado ali seis meses) e um ano depois no tratado *Sobre a antiguidade do homem intelectual*.

As três pirâmides de Gizé estavam, originalmente, cobertas por um revestimento de pedras preciosas. A primeira coisa que descobriu Piazzi-Smyth foi que o comprimento da base da Grande Pirâmide, dividida pelo comprimento de uma dessas pedras de revestimento, dava exatamente o número dos dias do ano, isto é, 365. Tratava-se provavelmente de uma profecia, visto que as primeiras pedras de revestimento foram achadas no decorrer de escavações realizadas depois da morte de Piazzi-Smyth. Outro motivo de perplexidade para seus admiradores foi a descoberta sucessiva: as pedras eram de tamanho variável.

*A nossa herança na Grande Pirâmide* teve milhões de leitores e gerou dezenas de outros livros, obviamente sobre o mesmo tema. Seu principal divulgador, na França, foi o abade F. Moigno, canônico de São Dinis de Paris. Em 1879, foi criado em Boston um Instituto Internacional para a Conservação e Aperfeiçoamento dos Pesos e das Medidas: o Instituto pretendia modificar o sistema mundial de pesos e medidas para adequá-lo novamente aos parâmetros sagrados da Grande Pirâmide; o que implicava a abolição do sistema métrico decimal francês, acusado de ateísmo. Entre os partidários do Instituto em questão, estava incluído o então presidente dos Estados Unidos. Em 1880, criaram a revista *O Standard Internacional*, ela também destinada a apoiar o retorno às medidas egípcias. A mais importante delas – porque dela derivavam quase todas as outras – era o cúbito piramidal.

O diretor de *O Standard Internacional* era um engenheiro, o qual escreveu: "Proclamamos nosso eterno e incessante antagonismo àquela imensa terrível desgraça, o Sistema Métrico Decimal Francês." Na mesma revista apareceu pela primeira vez o hino dos piramidólogos, que acabava com as palavras: "À morte, à morte todo sistema métrico!"

Na Inglaterra, *O milagre de pedra* (isto é, a Grande Pirâmide) de Joseph Seiss alcançou 14 reimpressões sucessivas. Em 1905, o coronel J. Garnier publicou um livro para anunciar que a partir dos levantamentos por ele pessoalmente realizados, no interior da Pirâmide, veio à tona que Jesus Cristo retornaria à Terra em 1920. Walter Bynn, em 1926, fez uma predição semelhante, mas referente ao ano 1932; como o encontro não foi efetivado, então Bynn fez um novo anúncio, em 1933, adiando por mais alguns anos o retorno de Jesus.

Um dos leitores mais convencidos do livro de Piazzi-Smyth sobre os mistérios da Grande Pirâmide foi o predicador Charles Taze Russell, de Allegheny, Pensilvânia, fundador da seita das Testemunhas de Jeová. Taze Russell compôs uma seleção de citações bíblicas, em parte fundadas nas descobertas piramidológicas de Piazzi-Smyth. Segundo o pastor Russell, tanto a Bíblia quanto a Pirâmide de Quéops concordavam ao revelar que a segunda vinda de Cristo já tinha acontecido, em segredo, em 1874. Essa vinda tácita marcava o início de um período de 40 anos, chamados de seleção, durante o qual as Testemunhas de Jeová permaneciam fiéis aos cuidados e ao comando do pastor Russell. Como episódio conclusivo da seleção estava previsto o Grande Juízo Final, em 1914. Os mortos renasceriam, e naquele momento seria concedida a eles uma segunda possibilidade de escolha: aceitar ou não Jesus Cristo. Os que não o aceitavam eram eliminados; assim o Mal teria desaparecido do mundo. As Testemunhas, ao contrário, o aceitavam e se tornavam eternas.

Dois irmãos ingleses, John e Morton Edgar, foram, portanto, tão atingidos por tal profecia que partiram imediatamente para o Egito, com o objetivo de medir novamente a Pirâmide. Seus levantamentos confirmam amplamente a predição do pastor Russell, como se pode ler nos dois grossos volumes publicados pelos Edgar entre os anos 1910 e 1913, *Os corredores e os quartos da Grande Pirâmide*. Em 1914, aconteceu, porém, que a maior parte dos mortos se absteve de voltar à vida, e a seita das Testemunhas perdeu milhares de adeptos. O trecho do livro de Russell, que na edição de 1910 dizia: "... Os santos serão salvos antes de 1914" foi modificado, então na reimpressão de 1924 se lê: "... Os santos serão salvos não muito depois de 1914." No ínterim, Russell havia sido substituído: o novo chefe da seita, para organizar de algum modo o problema, decidiu que Jesus Cristo tinha, de fato, voltado à Terra em 1914, mas que não havia desejado falar com ninguém. A partir dessa data, chamada de a Vinda Secreta, havia recomeçado o Reino do Bem; só que no momento se tratava de um reino invisível.

# Alfred Attendu

Em Haut-les-Aigues, numa esquina do Jura, próximo à fronteira suíça, o doutor Alfred Attendu dirigia seu panorâmico Sanatório de Reeducação, ou seja, hospício para cretinos. Os anos entre 1940 e 1944 foram seus anos de ouro; nesse período cumpriu sem ser importunado estudos, experimentos e observações que depois incluiu em seu livro, tornado clássico sobre o tema, *A chatice da inteligência* (*L'embêtement de l'intelligence*, Bésançon, 1945).

Isolado, esquecido, autossuficiente, abundantemente abastecido de reeducados, misteriosamente poupado de toda invasão teutônica, graças também ao estado desastroso da única rua de acesso, reduzida em pedaços por um erro de bombardeamento (os alemães haviam acreditado que a estrada levava até a Suíça, por culpa de uma seta com a escrita "Refúgio de Deficientes"); em suma, rei de seu pequeno reino de idiotas, Attendu se permitiu por todos aqueles anos ignorar aquilo que os jornais pomposamente chamavam de a queda de um mundo, mas que na realidade, visto do alto da História, ou, em todo caso, do alto do Jura, não foi senão uma dupla troca de polícias com algum conflito de reajuste.

Já no título do livro, Attendu destila sua tese, ou seja, que em toda sua função e atividade não necessária à vida vegetativa, o cérebro é uma fonte de chatices. Por séculos, a opinião corrente considerou que a idiotice é no homem um sintoma de degeneração; Attendu inverte o preconceito secular e afirma que o idiota outra coisa não é senão o protótipo humano primitivo, do qual somos apenas a versão corrompida, e por isso sujeita a distúrbios, a paixões e inquietações contra a natureza, que felizmente pouparam o verdadeiro cretino e o puro.

Em seu livro, o psiquiatra francês descreve ou propõe um Éden original povoado de imbecis: preguiçosos, entorpecidos, de olhos de porco, bochechas amareladas, lábios espessos, língua saliente, voz baixa e rouca, de pouca audição, de sexo irrelevante. Com expressão clássica, chama-os de *les enfants du bon Dieu*. Seus descendentes, impropriamente chamados de homens, tendem sempre mais a se distanciar do modelo platônico ou imbecil primitivo, impelidos em direção aos dementes abismos da linguagem, da moral, do trabalho e da arte. De vez em quando, a uma mãe felizarda é permitido parir um idiota, imagem nostálgica da primeira criação, no rosto do qual mais uma vez Deus se reflete. Esses seres cristalinos são a testemunha muda de nossa depravação; entre nós giram como espelhos da estupidez divina primitiva. O homem, porém, sente vergonha deles, e os aprisiona para esquecê-los; calmos, os anjos sem pecado vivem vidas breves, mas de perpétua, não controlada alegria, mastigando terra, masturbando-se continuamente, vivendo no pecado, encolhendo-se na casinha amigável do cão, cravando distraidamente os dedos no fogo, inermes, superiores, invulneráveis.

Qualquer movimento propício a reinserir os deficientes, congênitos ou acidentais na sociedade civil se funda no pressuposto – certamente falso – de que os evoluídos somos nós, e eles, os degenerados. Attendu inverte esse pressuposto, isto é, decide que os degenerados sejamos nós e os modelos, eles, e assim dá início a um movimento inverso, abandonado até agora por motivos muito claros sem outra consequência que a antiga, mas tácita colaboração das autoridades máximas, não só psiquiátricas, que tendem a exacerbar nos imbecis aquilo que os torna, de fato, imbecis.

Razões não lhe faltavam. Do alto de Haut-les-Aigues tinha visto – metaforicamente, porque não era uma águia e tampouco tinha um telescópio – os exércitos de ambas as partes irem e virem como num filme cômico, empurrando vastas cancelas de ar intangível, disparando para trás, fugindo em direção à vitória, construindo para destruir, rasgando bandeiras de preço modesto a custo de vida. Seus rumores desatinados estavam fora da compreensão humana.

E direcionando, ao contrário, o olhar para o outro lado, dentro das fronteiras de seu jardim iluminado, tinha visto entre os pinheiros-alvares aqueles seus patetas, eles também com seus 20 e poucos anos e cheios de vida, brincando de jogos de invenção ilimitada, por exemplo, fazendo em pedaços a bola com os dentes, limpando o nariz com o dedão do pé do colega, pegando os peixes da lagoa, abrindo todas as torneiras para ver o que acontecia, cavando um buraco para se sentar ali dentro, cortando em tirinhas os lençóis pendurados e depois correndo ao redor deles agitando as tirinhas, enquanto os mais calmos, filosoficamente, enchiam seus umbigos de adubo ou arrancavam reflexivos seus cabelos da cabeça, um por um. Também o cheiro do Jardim original devia ter sido aquele. Pediam proteção, sim, porém em sua qualidade de mensageiros preciosos, exemplares, delicados; tocados, como sempre se havia dito, pelo bom Deus, eleitos companheiros por Seu Filho.

A escolha era forçada: qualquer um teria escolhido os idiotas do hospício. O mérito de Attendu está, no entanto, em ter tirado as devidas consequências de tal escolha: dado que a condição de cretino é para o homem normal a condição ideal, estudar por quais caminhos os cretinos imperfeitos podem alcançar a perfeição desejável. Naqueles anos os deficientes psíquicos eram classificados segundo a idade mental, dedutíveis por testes apropriados: idade mental de 3 anos ou menos, idiotas; de 3 a 7 anos, imbecis; de 8 a 12 anos, deficientes. O objetivo do estudioso era, portanto, descobrir os meios idôneos para reduzir os deficientes ao estado de imbecis, e os imbecis à idiotice completa. As várias tentativas de Attendu, nessa direção, e os métodos mais pertinentes são particularmente descritos em seu interessante livro, frequentemente citado nas bibliografias. Curiosamente, não em muitos casos foi revelado que *embêtement* significa, etimologicamente, embrutecimento.

O primeiro cuidado do sanatório consiste em abolir todo contato do interno com a linguagem. Assim como alguns entre os internados estavam ainda em posse, no momento da internação, de algum meio, mesmo rudimentar, de comunicação verbal, o recém-chegado era segregado numa celinha ou caixa, até que o silêncio e a escuridão lhe tirassem todo resíduo ou suspeita de loquacidade. Em geral eram necessários apenas poucos meses; os enfermeiros experientes do doutor Attendu sabiam reconhecer, a partir do tipo de grunhidos do educando, quando havia chegado o momento de retirá-lo do cubículo para levá-lo até a pocilga.

A terapia da pocilga havia se demonstrado a mais eficaz para a obtenção do objetivo seguinte, que era o de tirar do interno todo rastro de boas maneiras, higiene, ordem e semelhantes características subumanas adquiridas anteriormente. Nesse sentido, os educandos mais difíceis se demonstraram aqueles provenientes de institutos religiosos, lugares conhecidos, sem dúvida, por seu escrupuloso respeito às boas maneiras e à higiene. Aqueles, ao contrário, que vinham diretamente do seio da família, do seio de uma família francesa, eram mais espontaneamente levados à rudez e à sujeira.

Todos os internos estavam equipados de porretes e periodicamente convidados pelos enfermeiros, por exemplo, a dar cacetadas em seus companheiros; essa terapia procurava eliminar de seu vazio mental todo resíduo de agressividade social. Garotos e garotas eram, além disso, habituados a passear nus, também no inverno, e também induzidos a realizar jogos bestiais de vários tipos. Isso, sobretudo, no setor dos deficientes, que participavam com muito mais prazer de tais jogos com os enfermeiros; porque nos imbecis, e ainda mais nos idiotas, os instintos foram se refinando e regredindo à pureza primitiva: o máximo que podiam fazer era comerem mutuamente suas fezes. Por outro lado, os deficientes, ao modo deles, apreciavam com muito gosto uma espécie de alegre vida sexual angélica.

À noite era um grande bacanal, e não raramente um verdadeiro e espirituoso bordel. Bom sinal, porque o sono tranquilo e prolongado é um sintoma, segundo Attendu, de atividade mental indevida durante o dia. De fato, se um internado era encontrado de noite nesse estado anômalo de sono profundo, os enfermeiros o tiravam da cama e o jogavam numa banheira com água fria. Às vezes, algum imbecil intervinha e também ele jogava um enfermeiro na banheira; os idiotas mais evoluídos, ao contrário, ficavam à parte, agora completamente apáticos: os enfermeiros os chamavam de aristocratas, isto é, os favoritos do Diretor. Os verdadeiros idiotas gostavam, acima de todas as coisas, do cinematógrafo, especialmente se a cores; mas também um grande rumor os alegrava, e muito mais os discos chamados de Festival.

No decorrer dos vários processos que teve que sofrer o doutor Attendu, de 1946 em diante, veio à tona outro particular científico interessante: quase todos os deficientes de 1, 2 ou 3 anos que se encontravam no Sanatório, os assim chamados "p'tits anges", eram seus filhos, produzidos in loco, ao que parece mediante inseminação artificial; para as jovens mamães, 23 no total, havia sido construído um cômodo galinheiro-maternidade, com piso de cimento facilmente lavável.

# John O. Kinnaman

Em 1938, John O. Kinnaman visitou Sodoma. Quando retornou para a Inglaterra, publicou *Escavações à procura da verdade* (*Digging for Truth*, 1940); no livro explica ter encontrado naquele lugar uma quantidade considerável de colunas e de pirâmides de sal, o que tornou muito difícil, para não dizer impossível, a tarefa que tinha em mente: acertar qual entre essas saliências era a esposa de Lot. Escreve: "Há muitas delas; qual será o cadáver daquela infeliz, quem agora poderá dizê-lo?"

Em compensação ele descobriu nos arredores a casa onde morava Abraão e nela encontrou uma pedra talhada com a assinatura do patriarca: "Abraão."

Henrik Lorgion

Uma lista de substâncias ideais, longamente procuradas e jamais encontradas, incluiria a *cavorite* de Wells, que abole a força de gravidade; o pó de chifre de unicórnio, que torna inócuos os venenos; também de Wells, o líquido que torna tudo invisível; o flogisto, que é a substância do fogo, e que em vez de possuir peso possui leveza; os orgônios de Wilhelm Reich, vesículas cheias de energia sexual encontráveis na areia; a pedra filosofal, que converte os metais baixos em ouro e prata; os dentes dos dragões, que afastam os inimigos; o anel de Nibelungos, que dá o poder; a água da fonte que Ponce de León procurou na Flórida; os quatro humores de Galeno, hipocondríaco, melancólico, colérico e fleumático, que no corpo produzem guerras e instauram hierarquias; a alma, que segundo Durand Des Gros é uma compacta colônia de molejas e, de acordo com as últimas teorias, é uma substância química que estabelece os contatos nas sinapses; o sangue de Cristo, recolhido num cálice por José de Arimateia; o elemento 114, que segundo os cálculos deveria ser estável.

A essa lista, talvez infinita, quis acrescentar um termo o médico Henrik Lorgion, de Emmen, Holanda, o qual por longos anos procurou na linfa de homens e plantas, no fogo e na luz, nos peixes alados vindos das colônias e em tudo isso que é mutável a substância da beleza. Argumentava Lorgion que toda coisa perfeita, harmoniosa e simétrica na natureza deriva sua perfeição, sua harmonia e simetria de uma substância circulante, por ele chamada de eumorfina, que se dissipa quando a vida morre; portanto, sobre tudo aquilo que morreu – homem, animal ou vegetal – tal substância provoca a desordem e a desarmonia. Com a morte, essa substância se difunde dos corpos aos elementos circunstantes, até que os processos orgânicos normais dos seres vivos não a reabsorvam e se revistam dela. Isso parece plausível se se considera que toda forma que nasce, nasce desgraçada, e só aos poucos traz através do ar, da luz e da alimentação, forma, cor e proporção.

Distante dos grandes centros de pesquisa, longe de Paris, de Leiden, de Viena, Lorgion não tinha à disposição senão um microscópio de Amsterdam, porém antigo, um conhecimento muito mais próximo da ciência química, que como ciência ainda estava em seus primórdios, e uma convicção teimosa, tipicamente idealista, de que tudo é matéria ou à matéria se pode reduzir. Qualquer coisa que examinasse em seu aparelho, o holandês ficava estupefato pela beleza das formas, pelo esplendor das cores: infusórios, cabelos, olhos de insetos, mucosas aveludadas, estames, pistilos e polens, gotas de orvalho, cristais de neve e silicatos, ovos minúsculos de aranha, penas de ganso, tudo falava aos seus olhos de um Criador, de um Artista, de um Esteta inesgotável, infinitamente inventivo, um músico das combinações; aquele Agente das substâncias era para Lorgion ele também uma substância.

Não é permitido nesse mundo ser totalmente original, a partir do momento em que tudo ou quase tudo já foi dito por um grego. Reduzida à sua essência, a teoria de Lorgion era, de todo modo, um desafio ao comando de Occam, de não multiplicar os entes em vão. Aquilo que para um outro teria sido um prisma de espato-de-islândia, para o médico de Emmen era uma liga ou combinação de calcites e eumorfina: o mineral em si era uma massa informe, a eumorfina o tornava prismático, transparente, incolor, lúcido, birrefringente, em suma, belo. Aquecidas a temperatura suficiente, as duas substâncias talvez tivessem se separado, e na cozedura era sempre possível reduzir o cristal a uma massa amorfa; mas para recolher a eumorfina tão evaporada, Lorgion não dispunha ainda de aparelhagem necessária.

Havia testado com o alambique, calcinando borboletas; mas das 75 *Papilio machaon* conseguiu apenas obter meia gota de água, uma água densa e turva, como aquela dos lagos de alcatrão, evidentemente desprovida de eumorfina. Havia tentado deixar hermeticamente fechada dentro de um globo de vidro uma tulipa, e a tulipa, estranhamente, se manteve por muito tempo intacta; enfim, caiu reduzida a pó. Sua beleza talvez tenha se condensado sobre a superfície interna da esfera; Lorgion quebrou o globo, mas não encontrou ali nada concreto.

Esses experimentos, e uma explicação plausível de seu insucesso parcial, foram descritos no extenso relatório publicado em Utrecht, em 1847, com o simples, mas um tanto enigmático, título *Eumorphion* (enigmático porque era necessário ler o livro para entender seu título). O volume está dividido em 237 breves capítulos, cada um deles dedicado a um experimento diferente. Das 237 provas, ao menos nove, pelo que afirma o autor, deram um resultado positivo e tangível: no total, sete gotas de eumorfina cuidadosamente conservadas por quase um século num frasco do Museu Cívico de Emmen. Oitenta e duas bombas alemãs destruíram, em 1940, os frascos do museu; em relação ao estrato de beleza que havia dentro deles, terá retornado à natureza, sendo a beleza, segundo Lorgion, indestrutível.

Depois do aparecimento do livro – que não teve muito sucesso, também porque Emmen parecia muito distante até então do mundo científico –, Lorgion prosseguiu tenazmente sua pesquisa. Em 1851, foi condenado, antes por enforcamento, em seguida por prisão perpétua num manicômio, por ter calcinado num caldeirão de cobre apropriado para tais fins um garoto de mais ou menos 14 anos, ordenhador de profissão.

# André Lebran

André Lebran é lembrado, modestamente lembrado, ou melhor, não é lembrado de forma alguma, como inventor da pentacicleta ou pentaciclo, ou seja, a bicicleta de cinco rodas. Partindo do triciclo como transporte conhecido por todos, é fácil imaginar um mecanismo semelhante munido de quatro rodas, em vez de duas, sob o carrinho na parte traseira, o que resulta em cinco, no total; e talvez um veículo do gênero exista em algum lugar. Nada mais distante, sem dúvida, das intenções de Lebran, que era estudioso autodidata de mineralogia, tinha uma alma pitagórica e se deleitava particularmente com polígonos e poliedros perfeitos, chamados também de aristotélicos, puros objetos mentais que têm a propriedade de possuir infinitas propriedades. Seu pentaciclo era, portanto, uma bicicleta pentagonal, com cela no centro do polígono e uma roda em cada vértice.

É óbvio que se as rodas tivessem sido dispostas radialmente, ou tangencialmente, o veículo não teria servido para nada. No segundo caso, talvez, como roda de moinho; mas, abandonando o escasso rendimento de um moinho movido a pedal, certamente não poderia ter sido usado como veículo. Lebran havia observado que em todo meio de transporte não rodante sobre si mesmo as rodas tendem a assumir a posição paralela; vice-versa havia observado que, logo que uma roda ou mais rodas se distanciam dessa posição, o transporte gira sobre si mesmo, ou ao redor de um ponto fixo do entorno, ou realmente se torna imóvel. Por isso, sabiamente, as cinco rodas de seu pentaciclo apontavam todas para a mesma direção.

Isso estabelecido, permanece o fato que seria árduo imaginar um mecanismo mais inútil, embaraçante e vaidoso. Assim, pelo menos, decretou o Destino, quando lhe concedeu como segundo e definitivo prêmio o esquecimento. O primeiro prêmio, medalha de prata, lhe foi conferido durante a ocasião da grande Exposição Universal de Paris, em 1889; em um de seus pavilhões, diante do Palais des Machines, o pentaciclo foi exposto pela primeira vez diante da admiração cética dos franceses, com o inventor sobre a cela, munido de robustos óculos antipoeira.

A Lebran havia sido destinado um estande pequeno, de quatro metros por quatro, porém quando não chovia podia também sair e fazer alguma evolução num pátio interno da Mostra; quando chovia, limitava-se a pedalar no espaço circunscrito de seu estande, sobre uma esteira vermelha. Ali dentro podia realizar um percurso apenas de um metro e meio; alcançado o tapume, descia e empurrava o aparelho na distância de um metro e meio para trás; depois subia novamente e recomeçava. Num certo ponto, para remediar o desinteresse dos visitantes, Lebran apareceu em público travestido de índio americano seminole.

De um folheto ou *dépliant* impresso pelo inventor naquela ocasião, destacamos os seguintes esclarecimentos: "Três rodas impulsoras, com tração dianteira-traseira; as outras duas rodas laterais contribuem para o equilíbrio do conjunto. Eixos dobráveis reguláveis com molas, de modo a absorver os desníveis do terreno. Pouca fricção na subida, velocidade na descida semelhante àquela de uma bicicleta vulgar multiplicada pelo fator K (K depende da lama e varia de 2 a 2½). Notáveis vantagens bélicas como sucedâneo do cavalo: nenhuma forragem, resistência sobre terrenos esburacados, pouca superfície oferecida à metralhadora, planta a quinquôncio de modo que o mesmo obus não possa atingir mais de uma roda por vez. Um único regimento em pentaciclo poderia devastar pacificamente num único dia todo o Vale de Marne. Fundada exploração das propriedades mágicas, exóticas e geométricas do pentágono, do pentáculo e do Pentateuco; freio triplo de cortiça; assento ajustável conforme a posição do condutor. Ganchos previstos para o acréscimo eventual de 2 (duas) cadeiras para o transporte de crianças ou lactantes. Balanço regulável em campo aberto. Para-lamas parabólicos. Lanternas à vontade, até o número 5 (cinco), para passeios noturnos. Maca posterior transversal inserida sob o assento para transporte de doentes graves ou cadáveres. Em pouco tempo, o uso do pentaciclo será estendido ao corpo de bombeiros da cidade de Dijon (modelo incombustível de alumínio). Transformável em pentapatins para laguinhos, inundações e enchentes (patins de baobá). Elimina rapidamente toda forma de obesidade nas mamas, no ventre ou nas partes de trás. Veículo esportivo particularmente digno para senhoritas, senhoras, viúvas e enfermeiras. O pentaciclo Lebran é veloz, mas seguro."

Outras invenções de André Lebran ficaram, pelo que parece, no papel. Três patentes francesas da primeira metade do século XX trazem seu nome: a mais notável é um ventilador que consiste num enorme triângulo vertical de papelão leve que se prende no teto e que é acionado da cama com um fio.

# Hans Hörbiger

Antes da lua que vemos hoje no céu, a Terra teve pelo menos seis outras sucessivas, causa eficiente dos cataclismos máximos de sua história. As vicissitudes dessas sete luas são narradas no livro intitulado *Glazial-Kosmogonie*, que o engenheiro vienense Hans Hörbiger escreveu, em 1913, com a ajuda de um astrônomo diletante. O livro abunda em páginas, fotografias, gráficos e demonstrações e deu em seguida origem a uma espécie de culto astronômico que envolveu milhões de fiéis. A essa heresia alemã particular foi imposto o nome WEL, sigla de *Welt-Eis-Lehre*, ou seja, Doutrina do Gelo Cósmico.

A WEL logo adquiriu características e proporções de um partido político: distribuía folhetos, manifestos, suplementos; deu à luz numerosos livros e uma revista mensal, *A Chave dos Eventos Mundiais*. Seus seguidores interrompiam as conferências científicas e insultavam os oradores gritando: "Fim da astronomia oficial! Queremos Hörbiger!" O próprio Hörbiger havia lançado aos astrônomos do mundo seu desafio ideológico, corroborado por uma fotografia sua ao lado de um telescópio Schmidt de onze polegadas, em que ele aparecia enigmaticamente travestido de Cavaleiro da Ordem Teutônica: "Ou vocês estão do nosso lado, ou contra nós!" Segundo a WEL, como o espaço está cheio de hidrogênio rarefeito, satélites e planetas tendem a se aproximar do centro de rotação por via da resistência que o hidrogênio opõe ao seu movimento; portanto, chegará o dia em que todos acabarão bem no seio do sol. No curso dessa lenta contração, às vezes acontece de um corpo celeste capturar outro corpo celeste, menor, para fazer dele um satélite. A história dos satélites da Terra, especialmente os dois mais recentes, pode ser retirada diretamente dos mitos dos povos antigos; tais mitos constituem nossa história fóssil.

A lua do terciário era menor do que aquela que possuímos agora. À medida que a penúltima lua se aproximava da Terra, os oceanos se elevavam ao redor do Equador e o homem se refugiava onde podia: no México, no Tibete, na Abissínia ou na Bolívia. Esse objeto preocupante dava a volta ao redor da Terra apenas em quatro horas, ou seja, seis vezes por dia; seu aspecto desagradável deu origem às primeiras lendas sobre os dragões e semelhantes monstros voadores, entre os quais o célebre Diabo de Milton.

Em seguida, a força da gravitação terrestre se tornou tão violenta que a pequena lua começou a se esmigalhar, e o gelo que a cobria derreteu, precipitando sobre o planeta; caíram chuvas muito fortes, chuvas de granizo catastróficas e, por fim, importunas inundações de pedras e rochas, quando a lua se desfez completamente. A essas agressões lunares a Terra respondia a seu modo, de preferência com erupções vulcânicas, até que os oceanos não invadissem totalmente os continentes; acontecimento conhecido e documentado sob o nome de Dilúvio Universal de Noé. Desse desastre, como está escrito, se salvou um certo número de homens, escalando as montanhas. Seguiu-se uma época feliz, de verdadeira paz geológica, que os vários mitos do jardim do Éden nos lembram. Mas, mais uma vez, a Terra devia capturar uma lua, e, ainda, mais uma vez, cair como presa dos paroxismos. Tratava-se da lua de hoje, a pior.

O eixo do planeta se deslocou, os polos se cobriram de gelo, a Atlântida teve o fim que os mitos transmitem e assim teve início o período quaternário, há 13.500 anos. Em *O Apocalipse é história real*, Hans Schindler Bellamy, discípulo inglês de Hörbiger, demonstra que o texto falsamente atribuído a São João outra coisa não é que um acerto de contas pormenorizado do fim catastrófico da Era Terciária. E em outro livro, *Na origem Deus*, Bellamy explica que a Gênese não é uma descrição da primeira criação do mundo, mas, sim, de uma criação mais recente, se não a última, tornada necessária pela habitual queda de lua. O autor conjectura, além disso, que a lenda da costela de Adão tenha surgido de uma banal confusão de sexos, devido à imprecisão notória dos primeiros copistas judaicos; na realidade, trata-se da descrição sumária de um parto cesariano, feito em condições sanitárias precárias por via do caos e do desserviço que reinavam nos tempos do Dilúvio Universal.

Portanto, Hörbiger advertia que o maior perigo dominante sobre a Terra é a lua, que mais dia menos dia cairá sobre nossas cabeças; além do mais, deve ser dura, coberta como é por uma camada de gelo de pelo menos duzentos quilômetros de espessura. Também Mercúrio, Vênus e Marte estão, como a lua, cobertos de gelo. Até mesmo a Via Láctea é feita de blocos de gelo, e não certamente de estrelas, como pretendem os astrônomos com suas fotografias grosseiramente manipuladas.

A WEL alcançou uma difusão incontestada entre os nazistas, que comparavam a inteligência de Hörbiger com aquela de Hitler, e a inteligência de Hitler àquela de Hörbiger, filhos eminentes da cultura austríaca. Hoje, da Doutrina do Gelo Cósmico, só restam alguns milhares de adeptos; como, aliás, da cultura austríaca.

# A. de Paniagua

Discípulo de Elisée Reclus e amigo de Onésime Reclus, A. de Paniagua escreveu *A civilização neolítica* para demonstrar que a raça francesa é negra de origem e provém da Índia meridional; o que não exclui que mais antigamente os franceses proviessem da Austrália, dadas as ligações linguísticas que, segundo Trombetti, unem o dravídico ao australiano primitivo. Esses negros se lançavam em migrações contínuas; seu primeiro totem era o cão, como indica a raiz "kur", e por isso se chamavam kuretos. Tendo eles viajado por todos os lugares, então, em quase todos os nomes de lugares do mundo se encontra a raiz "kur": Curlândia, Courmayeur, Curdistão, Courbevoie, Curinga (Calábria) e as ilhas Curilas. Seu segundo totem era o galo, como indica a raiz "kor", e por isso se chamavam coribantes. Nomes de lugares que começam com "kor" ou "cor" – Coreia, Córdova, Cordofão, Cortina, Korçë, Corato, Corfu, Corleone, Cork, Cornualha, Corno de Ouro e Cornigliano Ligure – se encontram por todo o mundo, por todos os lugares em que passaram os antepassados dos franceses.

Tal paixão migratória se explica, em parte, pelo fato, ao que parece certo, de que em qualquer lugar em que chegassem kuretos e coribantes, na Cítia ou na Escócia (evidentemente a mesma palavra), no Japão ou na América, eles se tornavam brancos; ou, então, amarelos. Os franceses originais se dividiam, portanto, em dois grandes grupos: os kur, que eram os cães propriamente ditos, e os kor, que eram os galos. Estes últimos eram frequentemente confundidos pelos etnólogos com os cães: o espírito redutivo tende infelizmente a empoeirar a história, observa Paniagua.

Cães e galos percorrem as estepes da Ásia Central, do Saara, da Floresta Negra, da Irlanda. São barulhentos, alegres, inteligentes, são franceses. Dois grandes impulsos cósmicos movem kuretos e coribantes: ir ver onde nasce o sol e ir ver onde o sol se põe. Guiados por esses dois impulsos opostos e incessantes, terminam por dar, sem perceberem, a volta ao mundo.

Em direção ao oriente se distanciam cometendo loucuras e provocando desordem pelas ruas. Chegam às ilhas Curilas; mais um passo e estão na América. Para demonstrá-lo basta encontrar um nome de lugar importante que comece por Kur. O mais óbvio é a Groenlândia, cujo verdadeiro nome, explica Paniagua, devia ser Kureland. Errado seria, ao contrário, acreditar que Groenland significa terra verde, se levamos em conta que a Groenlândia é branca, de qualquer lado que seja olhada; mas a carta coringa do etnólogo é uma fotografia de dois esquimós, tirada talvez no infinito pôr do sol polar: de fato, são quase negros.

Outros kuretos e coribantes, eles também saltando, travestidos de cão e de galo, partem em direção ao ocidente. Sobem o Ister (hoje Danúbio), impulsionados por um pequeno excesso ideal; no sangue obscuro da raça já sentem o impulso alegre de estarem a caminho da fundação da França. Quanto à pele, ao passar pelos Bálcãs se tornaram brancos, até mesmo loiros. Nesse momento, decidem assumir o glorioso nome de celtas, para se diferenciar dos negros que ficaram para trás. O autor explica que Celtas significa "celestes adoradores do fogo", proveniente de "cel", céu (etimologia de tipo imediato), e de "ti" (fogo em dravídico, etimologia de tipo mediato).

Enquanto os novos brancos sobem o Danúbio, Paniagua louva a paciência e a ousadia deles: tantos desgastes, tantos rios e montanhas para transpor, com o objetivo de ir colocar as primeiras pedras do edifício de luz e de esplendor onde habita imutável a alma profunda da França.

Seguindo o caminho, os Celtas enviam aqui e acolá missões exploradoras que fundam colônias que, depois, se tornaram ilustres; por exemplo, Veneza (nome francês original: Venise), derivado do dravídico "ven", branco, e do céltico "is", em baixo. Difícil encontrar uma etimologia mais exata, comenta Paniagua. Mais um impulso migratório, e os Tiroleses se despregam do ramo principal para se instalar de modo estável nas costas do Tirreno, como indica a raiz Tir.

Mais uma densa ramificação, impacientada pela Suíça que não a faz passar, desce pelo Pó e funda a Itália (nome francês original, Italie). O étimo é muito imediato também neste caso; "ita" vem do latim "ire", viajar, e "li", do sânscrito "lih", lamber. Isso significa que os cães kuretos não só latem, mas lambem; Itália significa, portanto, "país dos cães migratórios lambedores". O que torna ainda mais evidente se se pensa nos lígures, aquele povo misterioso: li-kures, ou seja, os cães lambedores por excelência.

*La Civilisation néolitique* (1923) é uma publicação da casa Paul Catin; outros volumes da mesma coleção são *O meu artilheiro*, do coronel Labrousse-Fonbelle, e *Hellas, Hélas!* (recordações picantes de Salonica durante a guerra), de Antoine Scheikevitch.

# Benedict Lust

O inventor da terapia de zona foi o doutor William H. Fitzgerald, por muitos anos primeiro cirurgião otorrinolaringologista do Hospital de São Francisco, em Hartford, Connecticut. Segundo Fitzgerald, o corpo humano se divide em dez zonas, cinco à direita e cinco à esquerda, cada uma delas diretamente ligada a um dedo da mão e ao correspondente dedo do pé. Essas ligações são muito sutis para conseguir observá-las no microscópio.

Em 1917, Fitzgerald e um seu discípulo de nome Bowers publicam seu tratado fundamental, intitulado *Terapia de zona*. Os autores afirmam que é sempre possível fazer desaparecer uma dor do corpo, e em muitos casos a própria doença, simplesmente comprimindo um dedo da mão ou do pé, ou qualquer outra região periférica ligada à parte doente. Essa pressão se pode aplicar de diversos modos; habitualmente convém atar o dedo com uma tira de borracha que o mantém apertado até quase ficar azul, ou se pode usar prendedores de roupa. Em certos casos especiais basta pressionar a pele com os dentes de um pente de metal.

A teoria de Fitzgerald foi desenvolvida num manual também obstinadamente intitulado *Terapia de zona*, obra de Benedict Lust, apreciado médico naturista. O texto de Lust, útil suplemento do homônimo de Fitzgerald, explica detalhadamente qual dedo convém pressionar para aniquilar a maior parte das doenças que afligem o homem, sem excluir o câncer, a poliomielite e a apendicite. Para curar a caxumba é necessário pressionar o indicador e o dedo médio; mas se o papo é grande, capaz de atingir a quarta zona, será bom que o médico também comprima o dedo anular. Em casos de distúrbios da vista, e do olho em geral, são pressionados, do mesmo modo, o indicador e o dedo médio; a surdez se cura, ao contrário, beliscando o anular, ou, melhor ainda, o terceiro dedo do pé. Um método eficaz para combater a surdez parcial consiste em deixar um pregador de roupa sempre preso na ponta do dedo médio: aquele da mão direita para a orelha direita, aquele da esquerda para a orelha esquerda.

A náusea se elimina fazendo pressão sobre a palma da mão com um pente de metal; também o parto se torna indolor se a parturiente se agarra com força em dois pentes e os aperta de modo que os dentes comprimam ao mesmo tempo a ponta de todos os dedos. A futura mãe não sentirá quase nada se tem, além disso, a precaução de atar com força, com um elástico de borracha, o dedão do pé e o segundo dedo, logo ao seu lado. Com o mesmo método, o dentista pode evitar a anestesia: deve apenas aplicar ao paciente uma rolha de borracha junto ao dedo da mão anatomicamente ligado ao dente que será arrancado.

A queda dos cabelos pode ser combatida com um sistema que Lust chama de a própria simplicidade: arranhando rapidamente as unhas da mão direita contra aquelas da mão esquerda, por breves períodos de três, quatro minutos. A operação deve ser repetida várias vezes por dia, com o objetivo de favorecer a circulação do sangue e dar novamente vigor ao couro cabeludo.

# Henry Bucher

Com 59 anos, o belga Henry Bucher tinha apenas 42. Os motivos dessa sua contração temporal se leem no prefácio de suas memórias, *Souvenirs d'un chroniqueur de chroniques* (Liège, 1932): "Obtida a láurea e lançando-me com todo o ímpeto de meus verdes anos ao estudo deleitoso da história, logo me dei conta de que a tarefa de encontrar, traduzir e comentar todo o corpus dos cronistas medievais – os precursores obscuros de Froissart e Joinville, do grande Villehardouin e de Commines –, que me havia prefixado como compromisso absoluto e preeminente, superava e muito as medidas previstas: não me bastaria uma vida, talvez, para concluí-lo. Abandonando o trabalho de pesquisa dos textos perdidos, em grande parte já realizado – e milagrosamente realizado – pelo meu reverente mestre Hébérard de La Boulerie, a única tradução do latim ao francês (de um latim não pouco raro bastardo ao elegante francês de nossos dias) me requereria o arco inteiro dos anos que presumivelmente ainda me reservavam as Parcas; a isso se acrescentam as notas, as concordâncias – mas no caso específico seria mais justo chamá-las de discordâncias –, o trabalho de datilografia e também as várias tarefas atinentes à publicação, correção de provas, ensaios introdutórios, desenvolvimentos polêmicos, correspondência com as inúmeras Academias etc., e imprevistos, e entenderá o leitor com que embaraço e perplexidade o jovem que eu era então, no limiar dos 25 anos, devia considerar o cansaço imenso que se apresentava a ele, e a necessidade urgente de um plano racional de trabalho.

"O conjunto das crônicas históricas para traduzir e comentar, salvo novas descobertas agora improváveis, embora sempre possíveis, já era de meu conhecimento e posse; aliás, coloquei-me uma limitação futura, aquela de me ocupar exclusivamente de obras redigidas entre os séculos IX e XI. Do século XII havia já tomado posse, talvez um tanto brilhantemente, meu colega Hennekin, de Estrasburgo; do século VIII, a Igreja mantinha sob sua proteção de modo avarento em suas catacumbas (*dans ses caves*) as pérolas mais promissoras. Do mesmo modo, aqueles três pobres séculos me solicitariam – segundo cálculos talvez generosos por defeito – pelo menos trinta anos de tradução; se a isso se somam os trabalhos restantes, não chegaria a coroar a obra antes dos 80 anos. Para um jovem ambicioso e impaciente, a condição estática de um senhor de 80 anos pode, às vezes, parecer, diria sem motivo razoável, muito pouco atraente, e sem brilho os louros que quase sempre – mas não sempre – o adornam. Assim me pareceu então; excogitei, portanto, um modo, se não de vencer o tempo, de ao menos apreendê-lo.

"Já havia observado agudamente que a uma pessoa especialmente ativa não basta uma semana para cumprir as obrigações de uma semana; as tarefas adiadas se acumulam (responder cartas, colocar em ordem papéis e meias, rever os escritos para a impressão voraz, sem esquecer viagens, matrimônios, falecimentos, revoluções, guerras e perdas de tempo semelhantes) tanto que, num certo momento, seria necessário poder parar a catarata dos dias, para cuidar cautelosamente das obrigações negligenciadas. Depois disso seria fácil recolocar em movimento o tempo, livre de atrasos: dissolvido, renascido, ágil, sem rastros.

"Assim fiz, com a ajuda de um meu calendário pessoal: num dia qualquer, digamos o dia 17 de julho, terminava, por exemplo, de traduzir o III Livro de Ottone da Treviri. Continha a data; *ipso facto* estava livre de bater à máquina o manuscrito, de corrigir as provas do I Livro, de participar pessoalmente do Congresso de História de Trieste, de redigir as notas do II Livro, de dar um pulo na Sorbonne para fazer malograr um Apócrifo, de atualizar minha correspondência, de me lançar de bicicleta até Ostenda; e tudo isso conservando sempre fixa a data de 17 de julho. Num certo ponto, não mais submetido a compromissos ou constrições, pegava em mãos o V Livro e voltava a trabalhar. Para os outros, havia passado quase dois meses, começava o outono; para mim, ao contrário, ainda era julho, precisamente o dia 18 de julho.

"Aos poucos tive a nítida sensação, depois corroborada pelos fatos, de retroceder no tempo. Quando os prussianos invadiram nossas províncias amadas, cortando os seios das mulheres grávidas e, ainda o que é pior, os fios da corrente elétrica, ainda estava parado em 1905; a guerra de 1914 terminou para mim em 1908. Hoje, quando finalmente cheguei ao ano 1914, minha pobre pátria chegou ao ano 1931 e atravessa, pelo que dizem, uma embaraçosa crise econômica; de fato, percebi que, todas as vezes que detenho o calendário, o preço do papel aumenta vertiginosamente. De todo modo, graças à paralisação de meu tempo, não me cansei; sinto-me jovem, aliás, sou jovem; os historiadores meus coetâneos têm quase 60 anos, eu em pouco tempo cruzarei a fronteira dos 40. Minha simples percepção se mostrou duplamente eficaz; em dez, doze anos, terei completado a obra, toda a edição em francês moderno corrente, com comentários igualmente fluidos, das 127 crônicas dos três séculos; com apenas 50 anos conhecerei, se não a glória, o assombro admirado de meus colegas e, por que não?, das damas."

## Luis Fuentecilla Herrera

Em 1702, o microscopista Anton von Leeuwenhock comunicou à Royal Society, de Londres, sua curiosa descoberta. Na água pluvial estagnada sobre os telhados havia encontrado certos animaizinhos, os quais, à medida que evaporava a água, definhavam, mas, depois, colocados novamente na água, voltavam a viver: "Percebi que, uma vez acabado o líquido, o animalzinho se contraía em forma de um minúsculo ovo e nessa forma permanecia imóvel e sem vida até que não fosse colocado na água como antes. Meia hora depois os bichinhos haviam retomado seu aspecto primitivo e os víamos nadando sob o vidro como se nada tivesse acontecido."

Esse fenômeno de vida latente, evidente nas sementes e nos esporos, mais vistoso nos rotíferos, nematódeos, tardígrados, fascinou os especuladores do século XIX que nele viram uma confirmação da graça extrema, da graça extremamente desejável, do limite entre a vida e a morte. Lenard H. Chisholm argumenta, em *Are these Animals Alive?* (*Esses animais estão vivos?*, 1853), que de algum modo todos nós nascemos de um esporo e que cabe à ciência encontrar o sistema para nos reduzir novamente ao esporo original, estado no qual poderíamos comodamente nos conservar por um milênio ou dois e, enfim, tornar à vida dentro de uma simples banheira.

Em 1862, Edmond About publicou seu romance *O homem da orelha cortada*, cujo protagonista era um soldado napoleônico enxugado, embalado e, por fim, feito reviver, imerso no líquido, cinquenta anos depois, exatamente como era no momento da secagem, salvo uma das orelhas que havia caído durante a letargia. Esse romance pré-científico teve grande sucesso na Europa e foi causa, além do efeito, de interessantes e duradouras cogitações. Poucos anos depois, em 1871, o professor de ciências naturais Abélard Cousin possuía uma múmia egípcia, exumada pouco antes em Mênfis, mantida e lastrada por aproximadamente dois meses no fundo da banheira central do claustro de Saint-Auban, em Nantes, com a esperança de descobrir nela algum vislumbre de vida residual; de fato, depois dos dois meses mergulhada na banheira, a múmia apareceu visivelmente repleta de vermes, de uma espécie até aquele dia desconhecida; o que apenas demonstrava, observou Cousin, que os egípcios sabiam como conservar seus vermes.

Os experimentos se multiplicavam; entre 1875 e 1885, ninguém pode dizer quantas ovelhas, quantos cães, coelhos, ratos, porquinhos-da-índia, galinhas etc., foram submetidos à desidratação, ainda vivos, em fogo baixo, dentro de fornos de vários tipos; na França, na Bélgica, na Holanda, em Cuneo. As crônicas relembram o famoso porco seco, de Innsbruck, que fez o percurso das capitais acompanhando uma mostra volante de monstros e fenômenos variados da natureza. Os ingleses, ao contrário, depois de uma vigorosa tomada de posição da Sociedade para a Proteção dos Animais, decidiram que esse tipo de experimento só se justificava no homem, "que tem os meios para se defender", como esclarecia o manifesto publicado pela sociedade no *Times* e em outros jornais. Os franceses também se uniram ao protesto inglês. No entanto, os homens custavam muito caro, exceto nos Bálcãs e na Transilvânia; por outro lado, parecia evidentemente utópico dessecar um morto com a esperança que depois de alguns anos tornasse à vida. Os sujeitos deviam ainda estar vivos. Soube-se que o bei de Tunis oferecia por um preço conveniente alguns condenados à morte, mas contanto que uma vez renascidos fossem imediatamente mortos, o que tirava todo o interesse da pesquisa. Em 1887, Louis Pasteur precisou usar todo o peso de sua autoridade, agora indiscutida, para impedir que o doutor Sébrail levasse a cabo um seu projeto, aprovado e encorajado pelas autoridades sanitárias e acadêmicas, de levantamento de moribundos nos hospitais de Paris com objetivo puramente dessecativo-experimental.

Aquilo que Sébrail não pôde fazer nos secadores já predispostos e prontos da Manufatura de Tabaco, em Auteuil, o fez alguns anos depois o doutor Fuentecilla Herrera, em Cartagena das Índias, apesar do calor deliquescente, apesar da umidade penetrante, apesar da falta quase total seja de aparelhos adequados, seja de doentes sem esperanças.

De fato, por costume muito difundido nos primeiros anos do século XIX nos países latinos e mais marcadamente naqueles hoje chamados de latino-americanos, os familiares dos doentes se recusavam a entregar seus aspirantes cadáveres até que não os tivessem visto exalar o último suspiro; nas cidades, até mesmo depois. A isso se deve que Luis Fuentecilla Herrera, diretor do Hospital de Caridade de Cartagena, foi forçado a usar, em seus experimentos, quase exclusivamente septuagenários sem parentes internados no Asilo de Anciãos; matéria-prima insuficientemente mais promissora do que foram as múmias de Cousin.

Quanto aos secadores, preparados nas câmaras de secagem de tabaco em folhas, da empresa La Universal Tabaquera, propriedade de um irmão de Fuentecilla, eram semelhantes ao próprio país, isto é, bastante rudimentares, sendo o produto destinado exclusivamente à exportação e como tal submetido, em sua chegada à Europa, a um intenso tratamento químico, segundo os métodos mais modernos, também por causa das qualidades medíocres que sempre diferenciou o tabaco colombiano.

Calcula-se que nessas barracas elípticas, quase hermeticamente fechadas e percorridas depois por uma corrente de ar previamente aquecida nos fogareiros apropriados, Luis Fuentecilla Herrera tenha secado aproximadamente 50 velhinhos e velhinhas, clinicamente vivos, entre 1901 e 1905, quando seu irmão foi preso por denúncia de seus próprios operários e o estudioso precisou fugir para Nova Orleans, que já era então uma cova de delinquentes e onde provavelmente ele também acabou por se tornar um deles, tendo casado, ao que parece, nesse ínterim, com uma negra que falava apenas uma variedade local do francês.

Seus candidatos à longevidade experimental eram de dois tipos, e de acordo com o tipo se comportavam nos secadores: aqueles mais robustos e vitais, naquele ar seco e quente, apodreciam rapidamente e estouravam quase imediatamente, com grande mal-estar dos adeptos à colheita das folhas e limpeza das câmeras; os outros, magros por natureza e já reduzidos por uma vida de miséria, tornavam-se cada vez mais sutis e leves e depois de duas semanas eram levantados facilmente com a pá comprida usada na plantação de tabaco e enrolados bem apertados em papel oleado para acabar num buraco do depósito de despacho, também ele convenientemente mantido seco, nos arredores do porto.

Esses pacotes voltavam para a manufatura de tabacos a cada três meses para uma segunda ou terceira secagem de segurança, que o clima, os ratos, os insetos e a importância do experimento tornavam necessária; os outros exemplares e sujeitos de estudo que batiam as botas eram devolvidos para as religiosas do Asilo, cujo confessor era por sorte o mesmo capelão do hospital dirigido por Fuentecilla, e ali no pequeno cemitério do Convento contíguo encontravam, em saquinhos, uma amável e merecedora sepultura. De todo modo, muitos desses velhos cedidos pelas freiras eram legítimos indianos, quando não, precisamente, venezuelanos.

Com a notícia da prisão do irmão, numa tentativa desesperada de demonstrar a consistência de suas teorias, Fuentecilla ordenou que levassem ao cais os doze que se encontravam mais bem conservados e ordenou que fossem jogados na água, todos os doze, cada um preso a uma corda. Esperava que pelo menos um ou dois voltassem à vida, para justificar sua operação, se não na pátria, em todo caso no exterior; ao contrário, perceberam os peixes, todos os peixes do porto de Cartagena, e só deixaram intactas as cordas.

# Morley Martin

Em 1836, o inglês Andrew Crosse, enquanto executava alguns de seus experimentos elétricos, teve a agradável surpresa de assistir ao nascimento, através de uma mescla de minerais triturados, de uma quantidade de insetos minúsculos. Crosse os viu no microscópio: "No 14º dia desde o início do experimento, observei no campo de visão do microscópio várias excrescências esbranquiçadas, pequenas, como mamilos, que emergiam do mineral eletrizado. No 18º dia, essas saliências haviam crescido, e sobre cada um dos mamilos haviam aparecido seis ou sete filamentos. No 21º dia, as protuberâncias haviam se tornado mais claras e mais longas; no 26º dia, cada uma delas assumia a forma de um inseto perfeito, ereto sobre o ramalhete de pelos que constitui seu rabo. Até aquele momento acreditava que se tratasse de formações minerais, mas no 28º dia observei claramente que aquelas pequenas criaturas começavam a mover as patas e devo dizer que elas me espantaram."

Assim, viu nascer centenas de mosquitos. Logo após o nascimento, os mosquitos abandonavam o microscópio e começavam a voar pela sala, escondendo-se nos lugares escuros. Tomando conhecimento do acontecimento, outro pesquisador microscopista amigo seu (um tal Weeks que morava em Sandwich) quis repetir o experimento e ele do mesmo modo obteve milhares de mosquitos. As peculiaridades do estupefaciente experimento podem ser lidas em *Memoriais de Andrew Crosse*, recolhidos por uma sua parente, em 1857, em *História da paz dos trinta anos*, de Harriet Martineau (1849) e em *Esquisitices: uma seara de fatos sem explicação* (1928), do comandante da reserva Rupert T.

Em 1927, em seu laboratório privado, em Andover, o inglês Morley Martin pegou um pedaço de rocha arqueozoica e o calcinou até reduzi-lo a cinzas; dessas cinzas, mediante um complicado e secreto processo químico, retirou em seguida certa quantidade de protoplasma primordial. Evitando com cuidado que fosse contaminada pelo ar, Martin submeteu a substância à ação de raios X; pouco a pouco viu surgir no campo de visão do microscópio uma quantidade fabulosa de vegetais e animais microscópicos, todos vivos. Sobretudo peixinhos. Em poucos centímetros quadrados o estudioso conseguiu contar 15 mil peixinhos.

Isso obviamente queria dizer que esses organismos haviam ficado em estado de vida latente ao menos por 1 bilhão de anos; isto é, da era arqueozoica até o ano 1927. A perturbante descoberta se tornou pública num opúsculo intitulado: *A reencarnação de vida animal e vegetal a partir do protoplasma isolado pelo reino mineral* (*The*

*Reincarnation of Animal and Plant Life from Protoplasm Isolated from the Mineral Kingdom*, 1934). A essa descoberta o escritor Maurice Maeterlinck dedica um capítulo de seu livro *A grande porta* (*La Grande Porte*, 1939); o libreto de Martin é hoje quase não achável, mas se pode ler no volume de Maeterlinck uma descrição do notável experimento:

"Ampliados sob a lente do microscópio, viam-se aparecer alguns glóbulos dentro do protoplasma; nesses glóbulos iam se formando certas vértebras, e estas depois constituíam uma coluna, portanto apareciam claramente os membros, a cabeça e os olhos. As transformações eram habitualmente muito lentas, requeriam vários dias, mas, às vezes, se desenvolviam sob o olhar do espectador. Um crustáceo, por exemplo, logo que se desenvolveram suas patas, abandonou o microscópio e foi embora. Essas formas, assim, vivem, às vezes, se movem e crescem até que encontrem nutriente suficiente no protoplasma que lhes deu origem; depois disso crescem mais, ou se devoram reciprocamente. Morley Martin conseguiu, no entanto, mantê-los vivos, graças a um soro que ele mantinha em segredo."

A descoberta de Morley Martin, infelizmente irrepetível, foi bem acolhida pelos teósofos, também porque vinha para confirmar a teoria de madame Blavatsky sobre os arquétipos de vida primordial surgidos no tempo do fogo e dos vapores provenientes da terra, dos quais, em seguida, o processo evolutivo fez desenvolver as formas atualmente conhecidas. Alguns anos depois, seguindo as pegadas de Martin, Wilhelm Reich descobria na areia quente norueguesa miríades de vesículas azuis, também essas vivas, cheias de energia sexual, por ele chamadas de bions. Esses bions formam cachos e, por fim, se organizam em protozoários, amebas e paramécias, feitos apenas de desejo, pulsantes de libido (Wilhelm Reich, *Biopatia do câncer*, 1948).

# Yves de Lalande

Hoje ninguém lê mais os romances de Yves de Lalande, o que levanta a suspeita que daqui a não muito tempo ninguém lerá mais os romances de ninguém. Yves de Lalande era um nome inventado: na realidade, chamava-se Hubert Puits. Foi o primeiro produtor de romances em escala verdadeiramente industrial. Como todos os romancistas, deu início à sua atividade com um plano artesanal, escrevendo romances à máquina; com esse método, por mais ilustre, primitivo, eram-lhe necessários pelo menos seis meses para finalizar uma obra, e esta estava longe de se poder dizer um produto acabado. Em tempo, Puits se deu conta de que a ideia de escrever sozinho algo tão complexo e variado como um romance, tão repleto de humores e situações de pontos de vista diferentes, parecia tarefa mais pertinente a um Robinson Crusoé do que a um cidadão da maior e evoluída nação industrial do século XX, a França.

Para começar, o editor da Biblioteca do Gosto para a qual Puits trabalhava naquele momento exigia que seus romances abundassem não só de aventuras, mas também de cenas de amor romântico; mas Puits mantinha havia seis anos uma relação completamente normal com sua camareira ou doméstica, uma ex-freira de cabelos grisalhos e avara, que não lhe concedia nem mesmo um mínimo gesto de tipo romântico, assim era forçado a retirá-los de outros livros e havia sempre alguma coisa que não dava certo, por exemplo, a protagonista quando soube que era a filha bastarda do irmão do rei da França roubou a espada do noivo e se trespassou o seio, mas a cena se desenvolvia no metrô entre as estações Bac e Solférino, debaixo do Ministério dos Trabalhos Públicos, o que podia parecer estranho.

Quanto a aventuras, uma vez lhe ocorreu de ficar preso no elevador por duas horas e meia, e de fato esse episódio reaparecia frequentemente em seus romances, até mesmo naquele de ambiente tonquinês, *A fera da Cochinchina*; mas sabia que não podia espremê-lo ao infinito.

Puits se convenceu de que para fazer um bom romance não basta um único homem, são necessários dez, talvez vinte: Balzac, Alexandre Dumas, Malraux, ele pensava, quem saberá quantos empregados tinham.

Por outro lado, os homens costumam brigar entre si: melhor cinco empregadas de bom caráter do que dez gênios incompatíveis. Assim, nasceu o estabelecimento ou a fábrica de romances Lalande. Não ficaremos aqui descrevendo as fases sucessivas de seu desenvolvimento, mas, sim, seu arranjo definitivo, aquele que permitiu ao ainda jovem marquês De Lalande (do mesmo modo o título era inventado) de publicar, entre 1927 e 1942, 672 romances, dos quais 84 foram transpostos com sucesso variado para a tela de cinema.

O processo de fabricação era rigoroso, imutável; as operárias eram todas moças sãs e ágeis, pouco propensas à afirmação pessoal: quando uma delas dava sinal de querer inserir na mecânica da produção suas veleidades literárias ou, de todo modo, individualistas, era inexoravelmente substituída. Todas juntas compartilhavam o orgulho do produto finalizado: aliás, tratava-se de um produto raramente capaz de inspirar o mínimo orgulho, e na realidade cada uma delas trabalhava, como era justo, pelo salário, e este também era justo.

Nem os elogios nem as censuras nem os silêncios da crítica lambiam os muros isolados do *petit-hôtel* de Meudon, onde estava estabelecida a fábrica de romances; contratos de edição, tiragens, direitos, traduções para o exterior, de tudo isso se ocupava o adequado escritório, na Rue Vaugirard. O pequeno edifício de Meudon estava totalmente dedicado à criação; lá dentro vociferava uma única mente, aquela casa era um Balzac, um Alexandre Dumas, um Malraux simbiótico, uma colônia-literária, uma medusa. Harmoniosamente, todas as empregadas formavam o corpo de Yves de Lalande.

Na qualidade de diretor-proprietário da empresa, Hubert Puits propunha um tema qualquer. A titular do escritório Enredos-Base escolhia um deles adequado ao tema, em seu abastecido arquivo de enredos-base, atualizados segundo a moda do momento; essa escolha estava entre as mais comprometedoras porque a tarefa da moda está mais em prever que em seguir. A titular de Personagens recebia o enredo e deduzia dele minuciosamente, seguindo fórmulas testadas, os personagens; depois os mandava para o escritório de Histórias Individuais e Destinos.

O escritório Destinos era de caráter combinatório; a titular se servia de uma roleta, e para cada personagem, tirava três números correspondentes a três fichas do arquivo de Acidentes-Base, com as quais era rapidamente composto para cada um o seu destino. No escritório Concordâncias se concordavam entre eles os destinos individuais, de modo a evitar que um personagem se casasse com seu filho ou nascesse antes de seu pai ou anomalias do gênero. O Acontecimento agora criado e concordado passava ao especialista em Estilos-Base, que atribuía ao romance o estilo mais adequado, entre os estilos em voga naquele momento; por fim, a jovem responsável pelos Títulos propunha de seis a oito títulos, para se escolher e ter o trabalho concluído. Essa primeira fase preparatória exigia, além do mais, uma manhã de trabalho; logo em seguida o romance passava ao estágio de Preparação em estrito senso.

Essa era a fase mais séria, mas ao mesmo tempo mais ferreamente automatizada, a menos aleatória de toda a confecção. O assim chamado Cenário era transmitido à especialista em Projeto Gráfico, há pouco tempo graduada em Projeto e Programação, que mediante um uso astuto de gráficos temporais, espaciais, motivacionais *et cetera*, coordenava em sistemas de Cenas numeradas, em série e em paralelo, todo o acontecimento; portanto, a obra desse modo esquematizada passava à seção de Cenas e Situações.

A seção de Cenas e Situações ocupava todo o primeiro andar e parte do ático do palacete de Meudon e estava constituída por um Arquivo enorme, em expansão contínua, de cenas e de situações com dois, três, quatro e mais personagens – ou com um único personagem – tratados em primeira e terceira pessoas, com diálogos, ação, descrição, passagens introspectivas e elementos narrativos semelhantes; essas cenas, de quatro a oito cartelas cada uma, estavam catalogadas e organizadas segundo os mais modernos métodos classificatórios, o que dava a possibilidade de serem quase que imediatamente encontradas. Uma equipe de medíocres jovens graduados em letras reabastecia continuamente com novas cenas e situações o já considerável arquivo da empresa, obedecendo às leis do mercado, e quatro garotas particularmente espertas eram usadas para as várias tarefas de pesquisa e classificação.

Recém recebido o esquema de Cenas e Situações numeradas – digamos 80, o que compunha o romance de 450, 500 cartelas à máquina –, as arquivistas avançavam na pesquisa dos tratamentos relativos; de cada cena faziam uma cópia, com os aparelhos de cópia então em uso, por mais dificultosos eram, de todo modo, eficazes; depois colocavam essas cópias ordenadamente juntas, e o romance já podia dizer-se montado.

Tratava-se naturalmente de um produto ainda bruto (para dar um exemplo, em cada cena e situação, o mesmo personagem aparecia com um nome diferente, aquele provisório que lhe fora concedido pelo narrador anônimo); outras duas garotas, instaladas permanentemente lá no ático, de onde se gozava, aliás, de uma vista esplêndida da ferrovia e dos arredores, executavam os trabalhos de acabamento.

A primeira, humoristicamente apelidada por suas colegas de Ferro de Passar, unificava os nomes de pessoas e lugares, ajustava certas incongruências e encadeava as cenas entre si (depois, com a mudança de gosto, esse trabalho de concatenação se tornou desnecessário); ao mesmo tempo uma jovem datilógrafa batia novamente o texto, por assim dizer, passado. A segunda, chamada de Mimética pela habilidade com que sabia imitar o estilo de qualquer escritor vivo de boa tiragem, fazia a correção do conjunto de acordo com as normas já estabelecidas no escritório Estilo, situado no térreo. Na realidade, sua tarefa era muito menos árdua do que poderia parecer; além do mais, exigia certo afastamento e astúcia para lembrar que o estilo de todo escritor é definido por poucas e simples obstinações, fraquezas, vícios adquiridos na infância, ou na velhice, mas de qualquer forma imitáveis, ali onde um estilo plano e impessoal é concedido a poucos, e não certamente a um escritor de sucesso.

No que diz respeito ao diálogo, a Mimética completava o trabalho do Ferro de Passar, uniformizada à força a linguagem dos protagonistas, independentemente de sua condição social, nacionalidade, dialeto, idade, sexo, profissão *et cetera*; Yves de Lalande esconjurava, e justamente, a cor local. Depois disso, o romance estava feito e era entregue à Grande Consultora, uma mulher madura de vasta experiência e de memória singular, o que fazia dela uma espécie de biblioteca viva, no sentido de que não apenas havia lido todos os romances da empresa Lalande, mas que, o que é quase inacreditável, se lembrava de todos. A Grande Consultora observava coincidências eventuais entre os nomes dos personagens, capazes de induzir o leitor a pensar que se tratasse do mesmo personagem já aparecido num outro romance do mesmo autor; cuidava para que as situações não fossem muito usadas e, de todo modo, que não tivessem sido usadas nos romances publicados pela editora nos últimos três anos, validade máxima dada pelos especialistas à memória do leitor; em suma, dava uma última passada no produto antes de declará-lo idôneo e colocá-lo em circulação. Todo o procedimento de montagem, da escolha do tema até a entrega à editora interessada não solicitava mais de vinte dias de trabalho: querendo, em ritmo constante, eram necessárias apenas duas semanas.

Yves de Lalande não lia seus romances. Como todos sabem, morreu esmagado contra um plátano, em abril de 1942, arremessado do carro enquanto voltava de um jantar com um grupo de alegres oficiais da Wehrmacht, que faziam uma estada em Versalhes. Com a chegada do exército de Liberação, dirigido por Jean-Paul Sartre, as revistas literárias no poder decretaram o pregão, por colaboracionismo, de todas as obras do *petit-hôtel* de Meudon, hoje alugado pela Proteção dos Animais, e pelo que dizem vive completamente cheio de gatos: assim decaiu uma mente poderosa, na pátria de Balzac, Alexandre Dumas, Malraux *et cetera*.

# Socrates Scholfield

Sua existência sempre provocou dúvidas. A respeito desse problema se ocuparam São Tomás, Santo Anselmo, Descartes, Kant, Hume, Alvin Plantinga: Socrates Scholfield não foi o último titular de patente registrada junto ao U.S. Patent Office, em 1914, com o número 1.087.186. O aparelho de sua invenção possui duas hélices de latão encaixadas de modo que, cada uma lentamente girando ao redor da outra e por dentro da outra, demonstram a existência de Deus. Das cinco provas clássicas esta se chama a prova mecânica.

# Philip Baumberg

Em 1874, nas vizinhanças de Wanganui, na Nova Zelândia setentrional, Philip Baumberg, nativo de Cork, na Irlanda, fez funcionar pela primeira vez sua bomba movida por cães ou *dog-pump*. O mecanismo, se assim podemos chamá-lo, desfrutava do fato cientificamente demonstrado que um cão bem-educado, caso seja chamado, vem. Baumberg se servia de uns trinta cães de trabalho, pastores e semelhantes, e de dois pedreiros assalariados, indígenas, cujo número foi aumentando progressivamente.

O primeiro pedreiro estava posicionado na parte de baixo, com um balde, ao lado de um riacho de água potável; o segundo estava no alto do morro, junto a um enorme canal feito de chapa que com sua leve pendência conduzia a água em direção a uma cisterna contígua à habitação de Baumberg. Cada cão trazia pendurado no pescoço uma lata com água, enchida pelo indígena lá na base do morro; depois aquele lá no alto chamava o cão, e quando ele chegava lá em cima, o homem derramava a água da lata no grande canal da cisterna; logo depois o outro indígena chamava o cão para descer e repetia a operação.

Com trinta cães em movimento, o efeito era particularmente vivo. Para evitar os erros frequentes provocados pela impossibilidade de lembrar todos os trinta nomes dos animais, erros que repercutiam de modo desfavorável no andamento do trabalho – às vezes, um cão chamado muito antes descia com a lata ainda cheia –, Baumberg decidiu separar as tarefas, agora que os maoris haviam se tornado quatro: dois para derramar a água e dois para o chamado. Para impedir, depois, que os cães parassem na metade do declive, ou que fossem embora por conta própria, precisou ainda colocar dois vigilantes ao longo do trajeto.

Outros dois indígenas ficaram responsáveis pela troca dos cães, dado que eles normalmente, por sua natureza e constituição particular, não podem trabalhar por mais de uma hora. Consequentemente, os cães recrutados para a bomba eram, na realidade, quase noventa, o que complicava de tal modo a memorização dos nomes, assim outros dois maoris foram agregados como auxiliares e assistentes para o chamado. Quatro outros indígenas cuidavam para que os cães não se mordessem, nem se lançassem a indecências, mas, sobretudo, para que não fugissem com as latas, muito apreciadas então, assim como hoje, pelas populações do interior.

Não escapava a Baumberg a óbvia constatação que quatorze pessoas prepostas diretamente para o transporte de latas ou baldes, em vez da vigilância e controle dos animais, teriam produzido cem vezes mais água que trinta cães, abanadores de rabo e caprichosos (frequentemente se sentavam para se coçar, fingiam-se de mortos, e os mais espertos e mais velhos fingiam com astúcia dores nas patas, desmaios, vertigens, especialmente as fêmeas). No entanto, meditadas considerações humanitárias de caráter evangélico, muito explicáveis num judeu irlandês em estreito contato com as fracas mas prepotentes missões católicas da ilha, o induziam não apenas a preferir o trabalho animal, mas também a descrever minuciosamente suas vantagens, como pode ser lido em sua errante e solitária dissertação *Dog as Worker: His Preeminence over Ass, Ox and Man* (*O cão como trabalhador: a sua preeminência sobre o burro, o boi e o homem*) publicada em Sydney, Austrália, em 1876.

Como nem em Auckland nem em outro lugar das ilhas existia, portanto, um Escritório de Patentes regular, e tampouco a Austrália, em boa parte ainda povoada por filhos e netos de condenados à prisão perpétua, oferecia, nesse sentido, garantias especiais, Baumberg precisou esperar uma sua viagem para Londres, em 1884, para patentear sua bomba movida por cães; de cuja invenção e prova outra coisa não ganhou senão escárnio e esquecimento. Somente Brewater se refere a ela, em sua história completa das formas de trabalho: *Das pirâmides ao controle adequado com calculadora on-line* (primeiro volume da *Enciclopédia do sindicalista*, Bari, 1969).

# Symmes, Teed, Gardner

O capitão John Cleves Symmes argumentava que a Terra é feita de cinco esferas concêntricas, todas as cinco furadas nos polos. Muito se falou e por muitos anos, nos Estados Unidos, dessa abertura polar, comumente chamada de "o buraco de Symmes"; o capitão havia feito a distribuição por todos os lugares de um folheto em que explicava como estavam as coisas e solicitava a ajuda de cem corajosos companheiros dispostos a explorar com ele o buraco setentrional, largo em milhares de quilômetros. Através desse furo – e daquele oposto – a água do mar flui continuamente sobre a primeira esfera interior, também ela povoada, como as três restantes, de animais e vegetais.

Suas teorias foram expostas em dois livros, muito diferentes um do outro, mas todos os dois intitulados *A teoria das esferas concêntricas de Symmes* (*Symmes' Theory of Concentric Spheres*); o primeiro foi publicado em 1826, por um seu discípulo, Americus Symmes. Uma das razões adotadas por Symmes para sustentar sua hipótese é o fato para ele óbvio de que com o sistema das esferas concêntricas o Criador teria poupado uma notável quantidade de material, sem lesar muito a solidez do conjunto. Aliás, o fato de que a Terra seja habitável tanto no exterior quanto no interior deve ser para Deus, sumo locador dos planetas, vantajoso, não só do ponto de vista econômico, mas também do ponto de vista ecumênico.

Parece que o conto inconcluso de Edgar Allan Poe, *Narrativa de Arthur Gordon Pym de Nantucket*, pretendia, de fato, descrever uma viagem ao centro da Terra através do buraco de Symmes.

⌒

Numa noite de 1869, em seu laboratório alquímico de Útica, Cyrus Reed Teed teve uma visão, depois descrita no opúsculo *A iluminação de Koresh: maravilhosa experiência do grande alquimista de Útica, Nova York* (*The Illumination of Koresh: Marvelous Experience of the Great Alchemist at Utica, N. Y.*). Na visão lhe havia aparecido uma bela mulher que lhe havia anunciado que ele, Cyrus Teed, se tornaria o novo Messias. Antes de desaparecer, a senhora, além disso, lhe havia explicado a estrutural real do Universo, ou seja, a verdadeira cosmogonia.

A verdadeira cosmogonia consiste no fato de que a Terra é uma esfera vazia, no interior da qual está contido o Universo. Fechados nesse espaço, astros de órbitas sempre menores enganam os astrônomos com sua ilusão de infinito; esse infinito não é senão o invisível centro da esfera.

Teed elabora essa revelação e, em 1870, com o pseudônimo de Koresh (Ciro em hebraico), publica *A cosmogonia celular* (*The Cellular Cosmogony*). Todo o Universo é comparável a um ovo. Vivemos aderidos à superfície interior da casca; no vazio central desse ovo estão pendurados o sol, a lua, as estrelas, os planetas, os cometas, e ao redor deles o céu e as nuvens. Fora, não há nada, precisamente nada. Em direção ao centro do ovo, ao contrário, a atmosfera é tão densa que nem mesmo com os melhores telescópios jamais conseguiríamos ver os antípodas, que formigam ignorantes sobre a parede oposta da casca; a qual tem 160 quilômetros de espessura e é constituída por dezessete camadas. As primeiras cinco camadas, contando da superfície da Terra ao exterior, ou seja, em direção ao nada, são geológicas; depois vêm cinco camadas minerais, por fim, outras sete de puro metal.

O sol fixo no centro da esfera é, na realidade, invisível: vislumbramos apenas seu reflexo. Esse sol invisível é metade iluminado e metade escuro. Roda sobre si mesmo e dessa rotação são feitos, sempre por reflexo, o dia e a noite. Também a lua é um reflexo, mas da própria Terra. Os planetas, ao contrário, são o reflexo dos discos mercuriais que flutuam entre os planetas metálicos. Por consequência, os corpos celestes que vemos não são reais, mas, sim, pontos focais luminosos, ou mais exatamente, imagens virtuais.

É verdade, admite Cyrus Teed, que a Terra à primeira vista parece convexa, mas se trata obviamente de uma ilusão ótica. Basta traçar uma linha horizontal bastante longa para se dar conta de que cedo ou tarde a linha irá se esbarrar com a curva ascendente do terreno ou do mar.

A demonstração experimental dessa nova lei da ótica foi obtida, em 1897, pelo Comitê Geodésico Koreshiano, o qual executou na costa ocidental da Flórida os levantamentos necessários, com a ajuda de uma série de réguas de madeira chamadas por Teed de retilineadores. Nas edições posteriores de *A cosmogonia celular* apareceu uma fotografia dos pesquisadores do Comitê em ação, barbudos, distintos, prontos para mergulhar com suas réguas, quando chegasse o momento, nas águas mais baixas e claras do Golfo do México. Isso porque, explica Teed, todas as vezes que tentavam traçar uma linha paralela ao horizonte, depois de um percurso breve de seis, sete quilômetros, a linha caía na água.

O estilo de Cyrus Teed é extraordinário quase como aquele de um crítico de arte. Os planetas, escreve, são esferas de substância agregada mediante o impacto dos fluxos aferentes e eferentes de essência. Os cometas são compostos por força cruósica, devido à condensação de substâncias mediante dissipação de calor na abertura dos circuitos eletromagnéticos, que fecha os condutores da energia solar e lunar. O autor não esquece em seu livro de se comparar a Harvey e Galileu. Fortemente acompanhado por um séquito de 4 mil adeptos, todos convencidos como ele de que a Terra seja uma esfera vazia da qual não conhecemos senão o interior, o alquimista de Útica organiza turnês de conferências pagas ao longo da costa californiana, com consistente sucesso. Em seu fervor proclama que tudo o que se opõe à sua teoria é Anticristo.

Enriquecido desde então, compra terras na Flórida e ali funda a cidade de Exterior, igualmente chamada de Nova Jerusalém, capital do mundo. O projeto de Exterior previa uma população de 8 milhões de habitantes, mas quando tudo ficou pronto para recebê-los chegaram apenas duzentos, o que fez de Nova Jerusalém a capital menos densamente povoada da Terra. Teed morreu alguns anos depois: em seu outro livro, *A humanidade imortal* (*The Immortal Manhood*), havia profetizado que renasceria após sua morte física, e que os anjos o levariam para o céu com todos os seus discípulos.

Quando chegou sua hora, no dia 22 de dezembro de 1908, depois da agressão de um marechal de polícia de Fort Myers, Flórida, os membros da colônia deixaram de trabalhar e permaneceram pregando e cantando ao redor do cadáver. Na vigília de Natal, Koresh fedia; no dia seguinte, o odor havia se tornado intolerável, mas os fiéis esperavam ainda a ressurreição. No dia 26, Koresh eclodia, e as autoridades foram forçadas a sequestrar seus restos, para enterrá-los em algum lugar.

As teorias de Teed tiveram ampla difusão no mundo civil. Na Alemanha, deram origem à "Hohlweltlehre", ou seja, Doutrina da Terra Oca, que alcançou enorme popularidade nos tempos de Hitler; seu principal defensor, Karl E. Neupert, foi preso num *lager* para cientistas e devidamente incinerado. A Hohlweltlehre se transferiu para a Argentina, onde o advogado Durán Navarro conseguiu demonstrar, em 1947, que a força de gravidade é apenas a força centrífuga provocada pela rotação dessa casca vazia, sobre cuja tosca pele interior vivemos e morremos.

⌒

No ínterim, o mecânico Marshall B. Gardner, de Aurora, em Illinois, havia publicado *Viagem ao centro da terra* (*Journey to the Earth's Interior*); o autor trabalhava numa fábrica de coletes. Por mais que argumentasse, como Symmes, que a Terra é uma esfera vazia, por toda a vida negou ter se inspirado nas ideias de seu predecessor, cujos trabalhos afirmava ignorar. Em 1920, o livro de Gardner chegou a 456 páginas, com fotografias. Agora o mecânico de Aurora decididamente repudiava, declarando-a fantástica, a teoria das cinco esferas concêntricas de Symmes; a Terra era, sim, vazia, mas consistia apenas de uma enorme casca espessa de 1.300 quilômetros. O resto era céu interior.

No centro desse céu fechado, um sol de mil quilômetros de diâmetro ilumina eternamente a superfície interna. Em correspondência aos polos existem dois buracos enormes, com 2 mil quilômetros de largura cada um. Os outros planetas também são feitos assim: basta observar Marte de perto para avistar as duas grandes aberturas de onde sai a luz do sol interior marciano. Na Terra, a luz que vem de fora do buraco polar origina, nas zonas árticas, a aurora boreal.

Os mamutes encontrados na Sibéria provêm todos do interior da Terra, onde ainda prosperam pacíficos e prolíficos. Os esquimós também provêm daquelas partes. Realmente é muito estranho, comenta Gardner, que nenhuma expedição polar jamais tenha conseguido encontrar o buraco do Polo, um orifício de dimensões tão vastas. Até a morte teve suas dúvidas sobre a honestidade do almirante Byrd, primeiro aviador que sobrevoou o Polo Norte, ou em todo caso, sobre sua vista. Os discípulos de Gardner estão ainda ativos e se ocupam de difundir e aperfeiçoar seu ensinamento, publicando livros como *A terra vazia* (Raymond Bernard, *The Hollow Earth*, 1969), com ilustrações que representam o interior da Terra, onde reina uma temperatura agradável e constante de 29 graus e uma raça evoluída constrói aqueles discos voadores que periodicamente vemos sair do buraco do Polo. A teoria da origem subterrânea dos discos voadores foi proposta nos anos 1950 por O. C. Huguenin, em *Do mundo subterrâneo ao céu (From the Subterranean World to the Sky)*; o mérito da conjectura é, no entanto, de Henrique José de Souza, presidente da Sociedade Teosófica de Minas Gerais, no Brasil, patrocinador do grandioso templo em estilo grego de São Lourenço, dedicado aos mistérios do mundo inferior.

# Niklaus Odelius

Por um instante, por volta de 1890, os inimigos do darwinismo – que ameaçava então arrastar a Europa em direção a uma nova heresia, tão atraente que era capaz de seduzir até mesmo as igrejas militantes – ficaram tentados a aderir às novas teorias de Odelius, professor de zoologia, em Bergen, e correspondente do Instituto Real para as Ciências, de Königsberg; a tentação foi efêmera tal como a teoria.

Como muitos outros estudiosos de seu século, Odelius havia chegado à conclusão de que o relato da criação do mundo que nos havia deixado Moisés devesse ser totalmente revisto. Não porque a história do Gênesis não tenha sido inspirada, de fato, por Deus, mas, sim, porque a expressão escrita dessa inspiração foi confiada à língua hebraica. Pois bem, é característico dessa escritura o fato de aparecer invertida, ou, em todo caso, na direção que todo o mundo considerava invertida, isto é, da direita para a esquerda. Era uma maneira como outra, entre as tantas imaginadas por Deus, esse eterno brincalhão, de fazer entender aos leitores que os fatos descritos também seguiam invertidos. Gerações de homens haviam se perguntado por que Deus havia separado, um dia, a luz das trevas, e alguns dias depois havia criado o sol e as estrelas, que representam a única fonte conhecida de luz: a resposta de Niklaus Odelius era simplesmente que o sol havia sido criado antes da luz, e o homem antes dos animais. Isso implicava consequências curiosas. Como todos os naturalistas de seu tempo, Odelius era evolucionista; foi o único entre seus contemporâneos, ao contrário, que seguia considerando, como muitos haviam considerado nos séculos XVII e XVIII, que essa evolução implicasse uma decadência; não só por um estado de perfeição original, certificável em maior ou menor medida nas várias espécies, tanto naquelas desaparecidas quanto naquelas ainda existentes, mas decadência também ao longo da escala biológica, de espécie a espécie, da mais antiga e suprema invenção de Deus, que é o homem, até aos mais modernos protozoários. O homem, aflito pelo pecado original, havia se tornado macaco (não todos, porém, porque alguns ainda permaneciam no estado original, para testemunhar a glória do Criador), o macaco em doninha, a doninha em baleia e assim por diante: os peixes em lagartos, os peixes em lula, as hidras em amebas; desde o início o mundo estava num mau caminho. Niklaus Odelius, zoólogo, conjecturou que algo de semelhante devia ter acontecido com as plantas; mas deixou para os botânicos esse aspecto do problema. Reconhecia que a escritura da criação tinha traços decididamente de bustrofédon, ou seja, que algumas coisas haviam ocorrido depois, e outras, antes, em relação a como haviam sido narradas, ou testemunhadas na história fóssil; de todo modo, os particulares não lhe diziam respeito, aquilo que lhe interessava era, sobretudo, a grande síntese, a ideia guia, a intuição genial que não só fazia morder o pó de toda uma raça petulante de darwinistas, mas também lançava uma luz insólita sobre os milênios retorcidos do criado, esse declínio de Adão a babuíno, cão, elefante, pterodátilo, serpente. Eva, ao contrário, havia se degenerado, sugeria Odelius, em bichinhos amáveis e femininos, castorinas macias, pássaros pomposos, tartarugas preciosas. A ideia de que a tartaruga seja um animal precioso, comparável, portanto, à mulher, hoje pode parecer arbitrária, mas era muito difundida por volta do fim do século XIX, quando era usada (a tartaruga) para fabricar pentes, óculos e tabaqueiras.

Um estudioso capaz de afirmar que dos árabes descendem os camelos teria talvez podido manter-se sobre a crista da onda na Idade Média; mas oitenta anos atrás, como cientista, sua fama estava condenada à rápida extinção. A ciência oficial é uma fortaleza, em cujas galerias, às vezes, talvez sempre, a luta reina; mas suas portas não abrem ao primeiro que bate. *Da Gênesis ao micróbio* (1887), a obra em que Odelius manifesta mais particularmente sua teoria da imbecilidade das espécies, teria podido ser acolhida com curiosidade, com ceticismo, com repugnância, com alegria; ao contrário, não foi por nada acolhida. Caiu como uma pedra no poço das recusas da ciência. Ninguém teve o incômodo de rebatê-la, que é o sinal máximo de desprezo científico. Não por isso o autor se tirou a vida; na solidão da obstinação, viu por muito tempo o que lhe foi concedido ver: a chegada dos nazistas em Bergen, como confirmação de sua jamais repudiada teoria.

# Llorenz Riber

Llorenz Riber teve a sorte singular de nascer num dos prédios de apartamentos construídos por Gaudí, em Barcelona; seu pai dizia que parecia uma coelheira. Esse foi seu primeiro contato com a arte e com os coelhos; isso explica por que se tornou, em arte, um iconoclasta; de coelhos, um entendedor. Da convicção de ser ele próprio um coelho deu talvez o salto que logo o tornaria uma das molas mais ágeis do teatro contemporâneo; arte à qual soube dar, desde sua juventude mais elástica, tal impulso que é o caso de se perguntar se conseguirá se levantar lá de onde o impulso a mandou. Depois de Riber, nada em cena foi conculcado que já não estivesse sido por ele conculcado.

Da seleção de artigos e ensaios em *Homage à Ll. Riber* (Plon, 1959), compilada na ocasião do aniversário de morte do diretor (o qual como se sabe foi devorado por um leão perto de Fort-Lamy, em Chade, no dia 23 de setembro de 1958, em circunstâncias até então misteriosas), transcrevemos, antes de tudo, essa descrição de sua pessoa, assim como é apresentada, em 1935, pelo crítico Enrique Martínez De La Hoz, num jornal de Barcelona.

O diretor era então muito jovem, e o crítico igualmente hostil, mas o testemunho sobrevive:

"Llorenz Riber chega como um anjo, leve, quase sobre a ponta dos pés, os braços abertos em cruz, as mãos que esvoaçam harmoniosamente seguindo o balanço para a direita ou para a esquerda dos longos cabelos loiros, limpos e lisos. É muito jovem, e mesmo assim já conseguiu construir um nome entre os piores diretores da Espanha. Em vez de vestir a camisa sob o casaco, a traz no pescoço, como um cachecol, e todas as vezes que explode de impaciência diante da incompreensão e da estupidez do mundo lança para trás dos ombros uma das mangas de lã, irritado, venenosamente ameaçador."

Bem diferente é o tom dos ensaios críticos que o recordam, escritos entre os anos 1940 e 1950, ou seja, os anos de sua primeira impetuosa maturidade, mutilados de modo tão intolerável pelo rei dos animais, num campo que, aliás, não era o seu; de fato, parece que era um leão vadio. Da *Homenagem* escolhemos quatro resenhas particularmente significativas, quatro momentos de uma carreira cuja única ambição parece ter sido a de cavar para o teatro a mais original e cintilante das tumbas. Para completar a figura do diretor prematuramente devorado, acrescentamos uma das mais raras obras de sua relutante caneta esferográfica, o roteiro para uma versão, infelizmente jamais realizada, de um filme histórico-legendário que deveria intitular-se *Tristão e Isoldo*.

## 1
### *Tête de Chien*
(Três atos de Charles Rebmann, Petit Gaumont, Vevey/Entre-deux-Villes)

Dizem que o diretor Llorenz Riber, não se sabe por que, tinha o costume de colocar um ou mais coelhos em todas as suas peças teatrais. Fez em sua inesquecível produção de *Pelléas et Mélisande*, de Maeterlinck, em Poitiers, onde Pelleás, morto no fim do quarto ato, reaparecia no início do quinto, na moldura gótica de uma janela alta do castelo, acomodado como uma d'*As meninas* de Velázquez com um enorme coelho de pelúcia entre os braços. Depois em Ibiza, em sua versão de *Doña Rosita la Soltera*; ali o coelho estava vivo e Rosita o levava para passear numa gaiola com rodas, tal como um papagaio.

Na *Esmeralda*, de Victor Hugo, o coelho era um frade que acompanhava por todos os lugares o Inquisidor Frollo, com duas longas orelhas brancas peludas que lhe desciam de baixo de seu capuz. Em *Escurial*, de Ghelderode, o coelho estava morto, despelado e fixado com um prego sobre o trono. Um garoto fantasiado de coelhinho trazia uma bandeja com bebidas frescas para os hóspedes infernais de *Huis Clos*, sempre na versão de Riber, que, por outro lado, quase ninguém tinha visto, tendo sido rapidamente tirado de circulação por pedido do próprio autor.

Não menos pessoal é o hábito de Riber de apresentar suas produções mais estudadas em lugares fora de mão, como Caen, Arenys de Mar, Latina, La Valletta; parece que fez alguma coisa também em Tânger. Dessa vez escolheu Vevey, mais exatamente Entre-deux-Villes, tendo como pretexto a inauguração da pequena mas confortável sala do novo cinematógrafo Petit Gaumont. E aqui nos permitiremos uma observação de caráter geral: convém inaugurar um cinema com uma apresentação teatral?

A comédia em questão é uma produção juvenil, de qualquer modo, pré-senil, de nosso concidadão Charles Rebmann, portanto o público é em grande parte de Lausanne, mas alguns vieram de Genebra, outros de Montreux, e há até mesmo um grupo de ricos italianos, inexplicavelmente barulhentos, chegados a bordo de um helicóptero azul de Évian, onde está em curso um congresso de semântica marxista.

A dois passos do cinematógrafo, nosso caro lago tornado famoso por Byron faz seu barulhinho secular de lambidas sobre as rochas, entre as quais nadam sem nervosismo nossos limpíssimos peixinhos cantonais (aqui já mais magros que em Lausanne, é o caso de se ressaltar). A comédia de Rebmann se intitula *Tête de Chien* e trata, de fato, de uma família suíça de sobrenome Chien, embora todos os personagens vistam uma máscara de papelão ou de algodão em forma de cabeça de coelho. A ação se desenvolve em Zurique, na casa do rico agente da Bolsa Chien.

De todo modo, pode-se logo entender que *Tête de Chien* não é um trabalho de primeira ordem; não à altura, em todo caso, de outras verdadeiras obras-primas às quais Rebmann tinha nos habituado, nem de última ordem o celebrado *Dom João na África*, de dois anos atrás. De fato, a comédia é indigna até mesmo de um cinematógrafo; entende-se que o diretor fez seu melhor, mas em casos assim é melhor passar totalmente por cima do texto. Nós, pelo menos, não falaremos dele. Apesar disso, a despeito das muitas acusações de incompetência total que agora surgem de todos os lados, Rebmann permanece, de longe, nosso comediógrafo mais prometedor.

O diálogo é pesado, com longas citações de Patrice de La Tour du Pin e de Roger Martin du Gard, borrifadas de Maurice Merleau-Ponty, que seria o suficiente para desencorajar até uma raposa que tivesse entrado na sala, atraída por aquelas brancas orelhonas felpudas. O segundo ato se abre com uma discussão, aparentemente irrelevante, sobre a quantidade de ovos que pode depositar um moscão de Zurique, mas, na realidade, a controvérsia inflamada entre os jovens Chien é como fogo de palha num campo minado e termina provocando a explosão de todos os rancores acumulados durante o primeiro ato. A direção de Riber se torna, nesse ponto, indescritivelmente brilhante; considerando que a ação se desenvolve sempre entre as três paredes de um mesmo cômodo, uma sala mobiliada ao estilo atual, cheia de vida, iluminada e ameaçadora como um jornal matutino, não podiam arquitetar realmente em tão pouco espaço mais inteligentes saídas e mais entradas extraordinárias, mais deslocamentos imprevistos ao redor da mesa e também debaixo dela, mais variações delicadas da luz elétrica em duelo com o pôr do sol que se acende e se desliga de modo descontínuo, diferentemente daqueles verdadeiros, em perfeita harmonia com a subida e com a descida do volume das vozes. De repente, a situação se torna tão insustentável que Nadine Chien (esposa do agente da Bolsa Chien, ela também uma coelha, madrasta apenas dos jovens Chien) se suicida com um disparo na testa excessivamente peluda, com um pequeno revólver revestido de madrepérola. O cenário fica escuro, passa um longo trem ruidoso, por fim, as luzes se acendem e todos os Chien sobreviventes reaparecem com sua verdadeira cabeça. Os espectadores, abandonada a tensão, cospem os pedaços de unhas roídas e civilizadamente irrompem em aplausos.

 O terceiro ato é todo sem máscara: perturbados pela tragédia, os Chien arrependidos sentem a mordida cada vez mais profunda do ferrão da dúvida. A agitada discussão em família aos poucos precipita com naturalidade singular na questão palestina; mas do texto será melhor, como já dissemos, não falarmos. No ínterim, enormes borboletas de seda verde-violeta penduradas nos fios invisíveis de nylon invadem o palco, voando ao redor dos atores, com um efeito refinadíssimo de noite de verão, no bairro residencial de Zurique, diante do lago. As borboletas posam sobre o rosto dos Chien, o público aplaude com as cortinas abertas; da janela chega com barulhos de gotas a falsa chuva acompanhada de magníficos raios azuis e no fundo do palco se ilumina o retrato circular do pai dos coelhos, aquele que eles chamavam realmente de "Tête de Chien". Por quase oito vezes Llorenz Riber foi chamado à ribalta: para um diretor, triunfar na Suíça é como receber uma cesta com ovos de presente. (Claude Félon, *La Gazette de Lausanne*).

## 2
### *Vanguarda diante do olhar dos alemães*
### *O embaraço dos casais*

O estilo de Feydeau, com seus casais burgueses que se escondem nos guarda-roupas, voltou à moda; aquele de Sartre, com seus casais burgueses que se escondem sob as escrivaninhas, saiu de moda; mas poucos se lembram daquele matrimônio profético dos dois estilos que foi a peça *L'embarras des couples*, apresentada em 1943 pelo jovem diretor Llorenz Riber, diante do olhar mais do que nunca distraído dos invasores alemães, num pequeno teatro de Montreuil, hoje transformado em Centro de Doação de Sangue.

*O embaraço dos casais* era uma reconstrução, obra do próprio Riber, de uma comédia em três atos muito pouco conhecida de um imitador de Feydeau, o prefeito Jean Corgnol. Seus protagonistas são dois casais pequeno-burgueses, mais anonimamente chamados de Durand e Dupont; sobrenomes que Riber, talvez para conferir à sua adaptação um tom *echtdeutsch* (genuinamente alemão) mais agradável às autoridades de ocupação, havia substituído por aqueles bem mais sugestivos: Dachau e Auschwitz.

Naqueles anos era difícil, em Paris, encontrar atores dispostos a realizar um experimento de vanguarda, de êxito provavelmente incerto, como aquele imaginado pelo diretor catalão. Da mesma dificuldade trazendo inspiração, Riber havia se dirigido, portanto, ao diretor de um circo, cujas composições já haviam sido repetidamente ameaçadas de deportação, porque ofensivas à pureza da raça. O diretor havia ficado atingido especialmente pelo capricho dos membros de uma família de fenômenos; entre eles havia escolhido para sua comédia os quatro mais vistosos: um anão com um único olho, a mulher mais gorda do mundo, uma mulher ainda jovem, mas com uma barba de um metro de comprimento e dois irmãos siameses. Aos irmãos havia destinado o papel do senhor Dachau, e aquela de sua esposa à garota barbuda; o anão ciclope e a mulher gorda formavam o outro casal, os Auschwitz.

A comédia inicia com esses dois últimos sentados na sala, que esperam os Dachau. Os Auschwitz têm um filho ainda jovem, o qual, porém, não é totalmente normal: no lugar da cabeça tem uma cabeça de rã, embora para o restante se possa dizer que é um jovem como os demais, especialmente se olhado por trás. Apesar disso os pais estão muito preocupados com seu futuro: assim não pode seguir em frente, masturba-se o tempo todo, sentado ao lado do laguinho no jardim. Mas onde encontrar uma garota pronta para se casar com ele? Com essa ideia em mente os Auschwitz publicaram um classificado no jornal, com a esperança de interessar algum outro casal em dificuldade de manter sua linhagem, como no caso deles. Para mantê-la, entenda-se – pois são pessoas de ideias extremamente conservadoras –, precisam de uma fêmea.

A esse classificado responderam apenas os Dachau, e agora os Auschwitz esperam impacientes por sua chegada, fazendo, nesse ínterim, conjecturas variadas sobre o aspecto da futura nora. O importante é que seja uma garota saudável e honesta, mesmo se tiver quatro mamas, observa a senhora Auschwitz; a beleza física é um peso que é necessário arrastar por toda a vida, acrescentou o marido. Chegam os Dachau; num primeiro momento os donos da casa não conseguem esconder seu embaraço pelo fato de que o novo casal é formado por três pessoas, mas logo se adaptam à situação e conseguem falar com os dois senhores Dachau como se fossem um único senhor. Nossa filha Grenade, dizem os Dachau, é perfeitamente normal; só nasceu com a cabeça de tartaruga e não tem um único fio de cabelo na cabeça. "Nosso filho tampouco!" Exclamam maravilhados os Auschwitz; o gelo está quebrado e as negociações se encaminham, prometedoras.

A senhora Dachau, a qual tem o vício de esfregar a barba com as duas mãos para depois jogá-la graciosamente sobre um ombro, como uma echarpe de penas de faisão, parece, no entanto, muito atraída pelo senhor Auschwitz, muito mais ágil e saltitante que seu marido. Também o anão com um único olho a olha com bons olhos. Depois de um vivaz entreato de falas ordinárias bem lascivas, o monóculo e a mulher barbuda vão embora juntos para a casa Dachau, com o intuito de informar a jovem Grenade sobre o acordo obtido. A senhora Auschwitz fica sozinha com os gêmeos Dachau; o diálogo a três se torna ainda mais desbocado, quase shakespeariano, até que a senhora decide confessar sua muito ardente curiosidade: quer ver onde e como os dois siameses estão unidos.

Os irmãos começam a se despir galantemente; tiram o casaco, depois as calças, quando estão quase para tirar a camisa, alguém bate à porta. Confusão geral; desesperada, a senhora Auschwitz esconde seu galanteador num guarda-roupa gigante de *bois de rose*, em seguida abre a porta. É a garota com cabeça de tartaruga; explica ter ido por ordem da mãe, a qual ficou em casa com o pequeno senhor para discutir a três olhos a questão do dote. Mordida por um ciúme repentino, a volumosa Auschwitz coloca o chapéu e o casaco com pele de lobo siberiano e voa em direção à casa dos Dachau, esquecendo no guarda-roupa seus amigos só de cuecas. Fim do primeiro ato.

No segundo ato, o estilo *boulevardier* prevalece. Bonadieu Auschwitz e Grenade Dachau finalmente se conheceram e gostaram um do outro. Porém, de repente, começam a bater boca: ela se vangloria de sua capacidade de ficar por horas com a cabeça debaixo d'água; ele também; nasce dali uma briga, até que decidem se colocar à prova na banheira. Os dois jovens graciosos se fecham no banheiro. Preocupados com a reviravolta dos acontecimentos, os pais de Grenade fazem sinal de sair de dentro do guarda-roupa, mas naquele mesmo instante reaparecem a mulher barbuda e o anão, os quais, sentindo certo indício da chegada da senhora Auschwitz, por via do cheiro particular do casaco de pele de lobo, fugiram pela janela em direção ao telhado. Dachau fecha ou fecham com pressa a porta do armário. Os adúlteros, não tendo encontrado ninguém em casa, acreditam novamente estarem a sós, mas logo em seguida o anão, arrastado por uma nova e mais irreprimível onda de luxúria, começa a escalar a barba da bela vítima, e se ouve a batida do portão do jardim: é a senhora Auschwitz que volta. Tomado pelo medo, o libidinoso monóculo fecha a senhora Dachau dentro do banheiro, onde está se debatendo Bonadieu, sozinho com a cabeça dentro d'água; Grenade, por sua vez, vai para a cozinha, para comer às escondidas sua alface costumeira.

No ínterim, o senhor Auschwitz encontrou debaixo de uma cadeira os dois pares de calças do senhor Dachau; interpela a esposa que, mesmo declarando não saber de nada, começa a suspeitar de que a mulher barbuda voltou com ele para casa e o espancou com a vassoura para fazer com que ele dissesse a verdade. Suas suspeitas encontram confirmação quando vê saindo do banheiro a Dachau, apavorada porque Bonadieu, crendo ser ela Grenade, vomitou sobre ela toda a água que tinha na barriga. A mulher gorda aproveita a confusão para tirar do guarda-roupa os gêmeos; mas eles, tomados pela emoção, se transformaram em coelhos e com o rabo entre as pernas são levados para a cozinha, onde, infelizmente, se deparam com Grenade, ela também quase nua e ainda completamente molhada. Segue um violento corpo a corpo, por causa da alface, entre os coelhos siameses e a tartaruga. O ato termina em pandemônio, todos correm e dão pauladas uns nos outros, exceto Bonadieu, que decidiu ficar na banheira para sempre.

O terceiro ato é muito menos agitado. Grenade encheu a pia da cozinha e, desgostosa pela imoralidade dos adultos, sentou-se dentro. Os senhores Dachau, sempre coelhos e sempre de cuecas, voltaram para o guarda-roupa, onde a esposa os trancou a chave. A senhora Auschwitz trancou, ao contrário, seu marido numa mala comum. Bonadieu está agora no fundo da banheira. As duas senhoras ficaram, por assim dizer, sozinhas; a senhora Auschwitz, muito gorda para esse mundo, não pretende mais se levantar da poltrona. Também a senhora Dachau faz algum comentário sobre essa agitação vã a que chamam de vida e, coerente com seu pessimismo, corta a barba com uma tesoura.

A outra senhora também pega a tesoura na mão: melancolicamente as duas boas donas de casa começam a cortar em tiras as roupas do senhor Dachau, que agora na qualidade de dois coelhos anda nu, ou andam nus, dentro do guarda-roupa, alternando comentários melancólicos sobre o tempo, sobre a vida em outros planetas e sobre a morte do romance. Aqui, é o caso de dizê-lo, a adaptação de Riber se afasta um pouco da comédia original de Cargnol, distante muitas milhas, em sua alegria palerma, de toda concessão metafísica. Aos poucos, a luz se torna amarelada como um limão maduro; de vez em quando, o anão fechado na mala bate e a esposa através de um buraquinho enfia uns retalhos de algodão, um por vez. De dentro do guarda-roupa se escuta, ao contrário, agourento na luz decrescente, um duplo disparo de um revólver e um tombo, em seguida, mais outro tombo, e, depois, nada. Da cozinha chega um grito sufocado, como se proveniente de uma torneira aberta; e outro semelhante vem do banheiro, resposta sombria ecoante nos bosques; e, por fim, se escuta um grito de criança estrangulada de dentro da mala. Mas as duas sábias donas de casa continuam impassíveis retalhando roupas, todas as roupas presentes no cenário, sussurrando poemas de Hofmannsthal. Tudo isso, na Paris ocupada daqueles anos, adquiria um vago sabor de desafio. (Valentin Rouleau, *Cahiers du Sud*.)

# 3
# *Em busca do Eu –*
# *Riber apresenta Wittgenstein*

No verão passado, quando Llorenz Riber foi chamado a Oxford para dirigir a adaptação teatral das *Investigações filosóficas*, de Wittgenstein (Blackwell), foram muitos os que pensaram que era uma tarefa quase desesperada. Era a primeira vez que um diretor de clara fama tentava levar para o palco um dos textos fundamentais da filosofia ocidental; por acréscimo, o mais moderno, o mais elusivo, para alguns até mesmo o mais profundo. Adaptar para as cenas os diálogos socráticos, como foi feito na Universidade de Bogotá, certas entradas da *Enciclopédia* iluminista, *O mundo como vontade e representação*, até as *Enéadas*, de Plotino, não só parecia possível, mas também desejável; a obra-prima wittgensteiniana, ao contrário, não.

A primeira dificuldade era a trilha musical. Qualquer um teria escolhido quase automaticamente Webern, pois há entre o músico e o filósofo muitas ligações e analogias, começando pela letra inicial do sobrenome. Mas justamente por isso, porque parecia a escolha mais óbvia, Riber não quis nem mesmo ouvir falar dele: com aquele seu gosto paradoxal, porém seguro, decidiu, por outro lado, escolher alguns dentre os mais notáveis quartetos de Beethoven. Além disso, Beethoven viveu também por muitos anos em Viena. Portanto, Beethoven do início ao fim, exceto o Prólogo que é como se sabe a conhecida passagem de Agostinho: "Cum ipsi appellabant rem aliquam, et cum secundum eam vocem ad aliquid movebant..."* citado por Michael Löwry a respeito de uma ária da *Criação*, de Haydn, também ele vivido em Viena. Logo depois do Prólogo aparecia um Contraprólogo, Nick Bates, o qual em poucas palavras refutava a tese agostiniana sobre o uso das palavras. Depois disso começava a verdadeira ação.

O cenário estava despojado, com algum indício aqui e ali do primeiro pós-guerra: lixos, membros humanos soltos, um despertador estripado. Entraram em cena o Construtor, que dava as ordens, e o Operário, que carregava os materiais de construção. "Lâmina!", dizia o Construtor, e o outro lhe trazia uma lâmina; "tijolo!", "viga" e assim por diante. O jogo aos poucos se ampliava, tornava-se mais complicado: surgiam novas palavras estranhas, como "este" e "aqui", adequadamente esclarecidas pelos gestos habituais indicativos; eram introduzidos os números (representados pelas letras do alfabeto), para indicar quantos pedaços de um dado elemento de construção devia pegar o Operário. As ordens passavam a ser cada vez mais complexas: "h tijolos aqui", por exemplo.

O Construtor pegava um mostruário de cores, feito de retângulos coloridos; todas as vezes que dava uma ordem, apontava com o dedo para um dos retângulos, e o Operário lhe trazia lâminas e tijolos daquela cor. Assim,

---

* "Quando chamavam uma coisa com certo nome e ao se pronunciar de novo tal nome se dirigiam ao objeto designado..." (N. do T.)

entre as volutas do segundo Razumovsky, em vez de construir um edifício, os pedreiros construíam uma linguagem; e todas as vezes que se inseria no jogo um novo elemento gramatical, um verbo, um advérbio, para não falar de vocábulos mais complexos como "talvez" ou "oxalá", o público, formado em grande parte por jovens analistas da linguagem, aplaudia e assobiava com entusiasmo. Os informados habituais afirmavam que Anscombe e Rhees também tinham colaborado com a adaptação, o que tinha dado lugar aos silenciosos contrastes furibundos. Depois da construção da linguagem de base, seguia uma série de jogos linguísticos. Tais jogos, como enumerados pelo próprio Wittgenstein, o qual também dava algumas ordens, têm por função: descrever o aspecto de um objeto, comunicar suas medidas, fazer referência a um acontecimento, comentá-lo, fazer algumas hipóteses, colocá-las à prova, apresentar os resultados de um experimento mediante tabelas e diagramas, inventar uma fábula, lê-la em voz alta, recitar uma cena de teatro, cantar ladainhas, solucionar adivinhações, fazer jogos de palavras, resolver problemas de estética, traduzir de uma língua para outra, perguntar, agradecer, maldizer, cumprimentar, rezar. Toda uma teoria de brevíssimas cenas ilustrativas que culminam na comovente apoteose do vocabulário, trazido em cena sobre a garupa de dois elefantes birmaneses.

Se o primeiro ato estava inteiramente dedicado à construção da linguagem, o segundo mostrava a construção da personalidade. Agora estava em cena aquela adorável vaca sagrada que é Ruth Donovan, no papel de uma intelectual muito histérica, aflita por uma enxaqueca persistente, mas estranhamente convencida de que sua dor de cabeça se encontra na cabeça de outra pessoa, uma tia alemã brilhantemente interpretada por Phyllis Ashenden. Donovan forçava Ashenden a tomar aspirinas com piramidona e a colocar gelo sobre a testa; acariciava-lhe as têmporas com massagens estudadas e sedutoras, depois fez com que ela se deitasse; no entanto, era ela que se queixava todo o tempo de dor de cabeça. O ato se prolongava em outras interessantes ilustrações da teoria da personalidade, até Donovan cair como presa do mais delirante dos solipsismos: negava a existência tanto dos atores como do público, não respondia mais quando falavam com ela, tentava sentar-se e, ao contrário, caía no chão ao lado da cadeira, tão certa de que o mundo físico houvesse desaparecido. Nesse ponto, Ashenden, com voz clara e acento alemão convincente, dava início à longa refutação do solipsismo que pode ser lido nos "Blue and Brown Books", ainda inéditos, mas conhecidos em cópias datilografadas pelos adaptadores. O ato se encerrava com uma espécie de canto de alegria de Donovan, que junto a seu eu havia encontrado o eu alheio.

Impossível descrever em tão pouco espaço a pletora de invenções, tanto dramatúrgicas quanto epistemológicas, com que o terceiro ato dessa tão memorável quanto efêmera produção entulhava de sucintas metáforas figurativas o pequeno palco de Oxford. Grande parte do ato era obviamente dedicada às evoluções graciosas do "pato-coelho". Esse animal heterogêneo é tão estranho que se o olhamos de um modo parece um coelho e se o olhamos de outro modo parece um pato; símbolo muito sugestivo, repetidamente usado pelo filósofo na segunda e última parte das *Investigações* com o objetivo de esclarecer – ou de obscurecer – alguns pontos controversos da teoria do conhecimento através da percepção.

Sabe-se que Llorenz Riber sempre amou os coelhos; era previsível que o fato de ter que apresentar um animal tão sofisticado, capaz de parecer ao mesmo tempo coelho e pássaro de quintal, estimulasse particularmente sua vaidade mais profunda de artista e de ilusionista. Este último ato, na realidade, não é senão um prolongado *tour de force* de "fouettés", "arabesques", "pirouettes" e "grands jetés" zoológicos: um complicado balé quase inteiramente a cargo do elegante e ambíguo pato-coelho. É verdade que o balé em si não chega, do ponto de vista filosófico, pelo menos, a nenhuma conclusão que se possa dizer definitiva; mas tampouco Wittgenstein, nesse seu último delicioso capítulo, chega a nenhuma conclusão. (Arthur O. Coppin, *The Observer*).

4

*A família Orsoli* –
(Três atos idênticos com variações, de Ll. Riber)

A luta genial e tenazmente conduzida por Llorenz Riber contra o realismo e, sobretudo, contra aquela sua degeneração conceitual que foi o neorrealismo, está sem dúvida entre as mais felizardas dos últimos anos. Pode-se dizer que ela chegou ao seu ápice natural ou píncaro com a versão, por ele próprio concebida, escrita e dirigida de *A família Orsoli*, apresentada durante o inverno no Teatro Santos Dumont, na Bahia.

A novidade absoluta de *A família Orsoli* consistia no fato de que todos os atores envolvidos no trabalho em questão pertenciam realmente à família Orsoli, uma não muito antiga família da classe de caminhoneiros de Ravenna, que, sem se preocupar com as despesas, o próprio Riber tinha ido escolher pessoalmente, na Itália, e, sem se preocupar com as despesas, fez com que todos se mudassem em bloco para o Brasil, com móveis, louças e utensílios, para que repetissem todos os dias, diante dos olhos maravilhados dos brasileiros do Nordeste (os mais pobres, o mais ignorantes e os mais negros), duas horas escolhidas por acaso da interessante, embora dura, jornada de uma família italiana normal.

Assim como o momento escolhido para a falsa representação ao vivo era a hora do jantar, o protagonista não podia não ser a televisão. De fato, Riber havia tido cuidado, nisso não menos atento, de um Stanislavski aos mínimos detalhes do horror cotidiano, de selecionar alguns entre os programas mais característicos de que se nutre, enquanto se alimenta, uma família italiana. A ação começava especificamente na sala de jantar-cozinha-banheiro-corredor-escritório-sala de estar dos Orsoli, os quais chegavam e se sentavam um após o outro à mesa, trocando injúrias, reprovações, beijos e tapas muito à toa, mas todos com a cabeça sempre voltada à televisão ligada, em que um senhor, dentro daquele vidro brilhante, de semblante astutamente alegre e de fala astutamente cansativa, explicava com omissões oportunas os últimos acontecimentos do recém bem-sucedido golpe de Estado no Egito.

Aos poucos os Orsoli foram se acalmando ao redor da sopeira da massa; agora ninguém conseguia desviar os olhos da tela, exceto a mãe que estava atenta aos desejos de todos, só para contrariá-los fingindo satisfazê-los, e de vez em quando ela também direcionava o olhar para o aparelho e resmungava: "Mas como são estúpidos!", porém sem convicção. Quanto ao pai, a cada três minutos recomeçava a história inaudita daquilo que havia acontecido com um seu colega caminhoneiro, o qual na noite passada voltando de um bar havia encontrado na entrada de casa um cão envenenado, e isso lhe fez pensar que talvez os ladrões estivessem ali dentro, porque sua esposa e seus filhos estavam em Forlì, na casa da tia, e por isso tocou antes a campainha da casa ao lado, e enquanto estava explicando aos vizinhos a situação, chegou outro cão, e este era de fato seu cão. Aquele morto devia ser, ao contrário, seu irmão, portanto o homem podia entrar em casa tranquilamente, e, de fato, não havia ninguém ali.

Só que ao fim dessa história horripilante o senhor Orsoli jamais chegava; os filhos o silenciavam porque na televisão estavam explicando como se criam as chinchilas no quintal, basta viver a cinco mil metros de altura acima do mar, e a filha Giuliana ficava com tanta raiva que batia em sua cabeça com a fôrma do pão.

No segundo ato, a família Orsoli aparece sempre no mesmo lugar, na mesma hora, fazendo as mesmas coisas do primeiro ato. A comédia segue adiante, exatamente como no ato precedente; o público começa a se sacudir, a protestar, até mesmo a ameaçar atores e diretores em português, quando, de repente, acontece o imprevisto: um problema no aparelho televisivo. Antes, os rostos eram vistos mais distorcidos, mais oblíquos que de costume; depois, uma série de clarões deslumbrantes cruza festivamente a tela, da direita para a esquerda e logo depois da esquerda para a direita como um governo; por fim, o escuro negro-azulado, sobre o qual surgem, às vezes, rostos informes de garotas, letras maiúsculas desconexas e muito fugazmente a bandeira dos Estados Unidos sobreposta a uma paisagem árida com ovelhas de péssima qualidade. Os Orsoli não conseguem mais engolir uma garfada sequer; a mãe se desespera em dialeto, os filhos fazem todo tipo de comentários adequados à situação, até que o pai se decida a interromper a história dos cães irmãos para chamar um seu sobrinho radiotécnico. Franco sai, a *mamma* finge fazer algo para forçar os outros filhos a comer alguma coisa, Giuliana diz que naquela casa não consegue mais viver, Enrichetto acrescenta algo muito desagradável em relação ao namorado de Giuliana, começa uma briga, e todos começam a se chamar de fascistas ou de comunistas, mas no momento exato surge o primo Orsoli e, sobrevoando o maravilhoso silêncio religioso dos presentes, começa a se debater com o aparelho. Sendo um ótimo técnico, logo soluciona o problema, e na tela reaparece a careta assustadora do cantor de antes, com toda a sua voz em estado bravio, e a família Orsoli volta para a mesa, não sem oferecer ao primo amável um copinho de vinho de alfarroba.

O terceiro ato se passa no mesmo lugar, na mesma hora e com os mesmos personagens, com o acréscimo de um tal Randazzo Benito, namorado da não tão jovem Giuliana, vindo do sul, declarado mafioso por alguns presentes no decorrer da briga do ato precedente. O comportamento dos Orsoli mudou como da água para o vinho: a mãe continua a oferecer massa para todos, porém com um sorriso macabro fixo como uma máscara encantadora sobre os lábios; os filhos continuam a protestar, mas com voz baixa e com um inesperado excesso de modos; Giuliana ficou quase gentil, e debaixo da mesa seus dedos se cruzam com os dedos honestos demasiadamente limpos de Randazzo. Todos têm os olhos fixos na tela, a mãe de vez em quando repete: "Mas como são bravos!", e o pai põe os óculos para ver melhor, mesmo que com eles veja tudo ainda muito pior. O namorado parece muito cansado, boceja, percebe-se que trabalhou o dia todo. Os demais também bocejam, em rodízio. O ato se encerra com a explosão inesperada da televisão e com a chegada de um coelho negro de Nova Orleans que entra correndo exclamando festivamente: "Surprise! Surprise!" (Matteo Campanari, *Il Mondo*).

5
*Tristão e Isoldo*
(Roteiro cinematográfico inédito de
Llorenz Riber; manuscrito proveniente
de coleção privada)

Época: Idade Média. Lugar: Canal da Mancha e vizinhanças. Tristão, filho de Brancaflor, irmã de Marcos de Cornualha, vive na corte de seu tio. Ele e Isoldo, estudante de medicina e príncipe da Irlanda, filho do rei Gormond e da rainha Isolda, são *la crème de la crème* da *jeunesse dorée* da época. Há muito tempo sabem muitas coisas um do outro, mas só por ouvir falar. Isoldo considera Tristão, sem jamais tê-lo encontrado, o *folk-singer* ideal: barba loira e espessa, bigode de leão, óculos de cornalina; para Tristão, ao contrário, Isoldo personifica o sonho maravilhoso do universitário imberbe de ótima família.

Tristão deve a fama que o rodeia seja à sua voz, seja aos seus dignos costumes: herança preciosa de seu sangue bretão. (De fato, seu pai, Rivalino de Parmenia, partiu da terra natal para Tintagel, sede da corte do rei Marcos; a história de seus amores com Brancaflor e um veado do bosque real teve um curso trágico.) Ele não é somente o mais belo e o mais esportivo dos jovens, o capitão experiente que fez para o tio mil serviços como professor de ginástica do batalhão de cadetes, o brilhante e heroico cavaleiro de tantos duelos de galos e campeão local de xadrez, mas também o homem mais culto daqueles tempos incultos, hábil orador, versado no canto espanhol e nos meios de comunicação de massa, em suma, uma mente política, não um simples playboy dos bosques.

Quanto aos dons do loiro Isoldo, somados a extraordinários dotes espirituais (a mãe o iniciou, entre outras coisas, nos segredos da cozinha), muito sabem deles os viajantes que visitaram a Irlanda e sua capital (Dublin), mas não seriam necessárias muitas palavras para lhe tecer justos louvores.

Assim os dois jovens trazem um do outro o retrato no coração, e seus pensamentos se encontram superando toda e qualquer distância. (Enquadramentos iniciais.)

Mas é muito improvável que eles jamais possam se encontrar pessoalmente, pois antigos rancores separam inexoravelmente a Cornualha da Irlanda, e, com acontecimentos alternados, os dois países travaram duros combates por muito tempo. O sangue escorreu como torrentes e o ódio foi grande; talvez maior do que aquele da parte irlandesa, porque uma lei queria que todo homem de Cornualha, se surpreendido apenas perguntando a hora a um rapaz irlandês, fosse morto nesse local, sendo sua cabeça pendurada invertida num poste de luz.

Em Tintagel, Cornualha, no castelo do rei, encontramos uma estranha situação: rei Marcos, depois do falecimento de sua esposa Gerunda, famosa pelo comprimento e pela retidão de seu nariz, designou como herdeiro do trono seu sobrinho (dele), que o monarca ama profundamente, e por isso não quer se casar novamente. De fato, por causa dele, falam em segredo os frequentadores de reuniões de má reputação, o rei estripou a rainha, porque aquele afeto em certa medida criava um obstáculo. Na corte, porém, entre os poderosos do reino, muitos barões invejam Tristão, conspiram contra ele e solicitam ao rei Marcos que nomeie outro herdeiro que não dê tanto na vista.

Tristão, desprovido de todo egoísmo, é incondicionalmente fiel a Marcos; num determinado momento consegue confundir sua fidelidade com seu interesse pelo fabuloso Isoldo, tornando-se capaz de querer conquistar o jovem para oferecê-lo como herdeiro a seu senhor. O projeto não está carente de aspectos políticos: além das vantagens de ter um médico na família, o gesto de Tristão servirá para pacificar os dois países profundamente atingidos pelo ódio recíproco e muito destruídos pela longa guerra. O projeto é audacioso, mas o rei diz ser impraticável, quando Tristão lhe expõe para pedir conselho. Por fim, porém, Marcos se rende à ideia, para dar um fim às impertinências dos barões. Convence-se de que quer apenas Isoldo; mas se Tristão não tiver êxito em seu propósito de raptar o irlandês, o rei renunciará à adoção e Tristão permanecerá como herdeiro do trono.

Os barões tentam colocar sobre Tristão todo o risco do empreendimento e procuram convencer o rei a mandá-lo sozinho para Irlanda (com a esperança secreta de que nunca mais volte, já que será aniquilado pela dura lei de Dublin). O rei lhes opõe enfurecido sua recusa e quer, aliás, que todos os barões desapareçam dali, assim Tristão ficará a sós com ele. Tristão, também porque lhe parece improvável que aqueles barões anti-higiênicos consigam seduzir o estudante, exige para si a honra do empreendimento; aceita que os barões o acompanhem, mas não todos, e com proibição absoluta de tocarem na presa. Aqueles, preocupados, aceitam tal interdição com má vontade.

Partem. Junto às costas irlandesas, o príncipe, com roupas miseráveis e desgastadas, como as calças jeans mais surradas que encontrou, desce numa barca com sua harpa e com um enorme coelho de presente. Ordena aos outros que retornem à pátria e informem ao rei que ele irá levar Isoldo belo e pronto para a adoção, de outra forma jamais retornará. Assim, deixa-se levar pelas ondas até a praia. A barca à deriva é avistada por uma vedeta a motor, diante de Dublin, e do porto parte uma barca de pronto-socorro.

Aos ouvidos dos marinheiros que vieram correndo chegou um canto, acompanhado do som da harpa, tão doce e encantador, que todos começam a dançar sobre a barca, abandonando remos e leme. Abordam finalmente a pequena barca sem condutor e encontram ali Tristão, que lhes conta uma história lamentável: numa viagem em direção a Bretanha com um rico companheiro e uma carga preciosa, foi surpreendido por piratas, os quais mataram seu companheiro e toda a tripulação da embarcação, exceto o coelho. Ele, ao contrário, foi poupado, depois de ter sido por todos violentado, com o coelho, graças à sua beleza viril e às suas canções; os piratas, piedosos, o deixaram sobre aquela barca com uma modesta provisão de comida em meio ao mar. Pede por caridade para seus socorristas um punhado de grama para o coelho, que não comeu nada desde o dia do estupro.

Os irlandeses levam os dois para a praia; enquanto desembarcam, passa ali perto Isoldo, em companhia de Branganio e de seus escudeiros, que voltam para o castelo depois de um banho (enquadramentos da praia com rapazes e garotos irlandeses com roupa de banho, esqui aquático, nu em contraluz *et cetera*). Muitas outras pessoas correm para acudi-los, alguém leva a notícia para o príncipe, que ordena que lhe seja trazido imediatamente Tristão (o qual declara se chamar Tantris), ordenando-lhe que cante e recite. O inglês assim o faz, e sua voz, seus modos e seu coelho provocam muita impressão. Isoldo dá, por fim, a ordem para levar os dois náufragos para o castelo e para hospedá-los num quarto limpo, a fim de que possam se restabelecer e tirar os piolhos do mar.

Tristão chegou, portanto, disfarçado à corte e logo conquistou, com seus músculos e seu talento, a proteção de todos; e a todos supera por espírito, cultura musical e senso inato de publicidade. Junto a Isoldo, dedica-se à música e às letras, à criação de coelhos e ao jogo de xadrez; também lhe dá aulas de moralidade, de judô e de espanhol; em pouco tempo, apaixonam-se um pelo outro.

Mas diante da consciência de sua missão e de seu dever perante o rei Marcos, Tristão deixa passar para segundo plano esse sentimento, muito natural entre dois belos jovens, ricos e amantes do esporte; quando ele se dá conta do amor de Isoldo, alegra-se, porque pensa que agora o príncipe o seguirá com prazer até Cornualha.

Isoldo, por sua parte, vive com a ideia fixa de que sua inclinação amorosa não leve a nada de concreto; desde que soube que o pobre e desconhecido, mas fascinante jogral-mercador, dorme com o coelho, teme não ser plenamente correspondido.

Finalmente, Tristão lhe revela sua identidade. É uma cena rica com os mais contrastantes sentimentos. Assim, Isoldo vem a saber que o jovenzinho por ele amado é Tristão, aquele que era para ele, ao mesmo tempo, um nome e um sonho, e agora chegado até ele com astúcia, para conquistá-lo; mas não para si mesmo, e sim para o rei Marcos. Deverá segui-lo, mas só para acabar entre os braços do tio?

Tristão procura convencê-lo, com a impetuosidade de sua experiente língua, em nome de Marcos e de seus projetos políticos; enfim, obtém o consentimento do rapaz, agora vencido pela miragem de um *ménage a trois* a nível real. Todas as coisas, ou quase, são reveladas aos veneráveis pais: essas são seguidas de surpresa, cólera, reflexão, alegria, por fim, o acordo. Tristão pega seu coelho de volta e leva Isoldo para a Cornualha.

Durante a viagem se criou no navio uma estranha situação. Isoldo, que nenhum homem até o momento jamais ousou recusar, tem cada vez mais ciúmes do coelho e hesita entre o amor e o ódio; Tristão hesita, ao contrário, entre os chamados do instinto e aqueles da razão de Estado. Mas durante uma noite, tendo permanecido sozinhos porque todos os demais haviam descido até a praia, cada um bebe um litro de cerveja irlandesa, e o desejo de Isoldo explode sem freios. O coelho é largado no porão do navio e os dois príncipes dormem juntos pelo restante da viagem, temendo ambos por seu fim indesejável.

O rei Marcos os acolhe com grande pompa e nomeia Isoldo como herdeiro. Naquela mesma noite, quando se prepara para levar a cabo a adoção, o complacente Branganio se deixa convencer pelos outros dois: substitui Isoldo no leito da família, e com ele Marcos passa o restante da noite.

O engano continua sem que Marcos se dê conta, porque Tristão tem livre acesso aos quartos de Isoldo, e ambos conseguem não despertar nenhuma suspeita. Mas a felicidade deles, nascida sob o signo da fatalidade, é descoberta por Marioldo, o mordomo-mor do rei, o qual também deseja ardentemente Isoldo.

Há muito tempo Marioldo costuma dormir debaixo da mesma barraca com o coelho e Tristão; não tarda, portanto, a perceber que aquele, num certo momento da noite, se esconde secretamente nos quartos do príncipe herdeiro. Marioldo segue suas pegadas marcadas na neve e descobre Tristão e Isoldo jogando xadrez sobre o tapete, por mais que o fiel Branganio procure cobrir com o tabuleiro a luz do abajur.

Dor e raiva! Marioldo, no entanto, não revela ao rei ter descoberto os dois em plena defesa índia, mas lhe fala de certas vozes, tornando-o inquieto, e continua em vigilância.

Terríveis dúvidas atormentam Marcos, pois se trata nada menos que de seu filho, puro como um anjo, e de seu mais caro amigo e sobrinho, não tão puro, mas, de todo modo, da família.

O rei e Marioldo, roídos pela suspeita, contratam como espião o anão Melot. Este como espião é uma desgraça e durante a primeira espionagem chama Marcos, porém os outros percebem em tempo e fingem jogar xadrez sob uma árvore. Marcos, enfurecido, joga o anão no riacho. Volta para a corte e ordena que os dois jovens sejam mandados para o olho da rua: vão jogar xadrez na França!

Os dois príncipes se refugiam na floresta e passam a viver numa gruta, antigo refúgio dos gigantes (enquadramento de vida serena e pastoral em plena Idade Média, entre as feras do bosque). Infelizmente o rei os segue e os descobre na gruta, absorvidos num final de partida particularmente difícil, torre contra torre, sobre o monte de palha do coelho. Os dois protestam que na Irlanda da Idade Média todos jogam xadrez.

Mas o rei não quer ouvir suas razões: desembainha sua espada comprida e se lança contra Tristão. Na desesperada tentativa de salvar o amigo, que em vez de fugir desnudou o peito à espada, Isoldo se coloca diante dele, e os dois jovens acabam sendo trespassados pela mesma lâmina, a qual se crava na rocha. Unidos como dois tordos no sanguinário espeto da morte, Tristão e Isoldo conseguem se soltar da rocha, ainda conseguem dar juntos um passo para frente e, por fim, caem desfalecidos sobre o tabuleiro. O coelho, enfurecido, se lança contra o rei e o devora. (Por gentileza de Charles Guy Fulke Greville, conde de Warwick.)

# Alfred William Lawson

Vinte anos atrás ainda existia no estado de Iowa, na cidade de Des Moines, uma universidade na qual eram dados exclusivamente os ensinamentos de uma única pessoa: a pessoa de seu proprietário, Alfred William Lawson. Reitor magnífico e Primeiro Doutor da Universidade de Lawsonomia, Lawson descreve a si mesmo em seu livro *Manlife* (*Vida de homem*), assinado com o pseudônimo Cy Q. Faunce, e inteiramente dedicado à documentação de seus gestos intelectuais, nos seguintes termos: "Não há limites às suas inacreditáveis atividades mentais; infinitas inteligências humanas serão fortificadas e empregadas por milhares de anos no estudo dos ramos ilimitados que surgem dos troncos e das raízes da maior árvore do saber que a raça humana jamais produziu até agora."

Na orelha do mesmo livro, o editor (sempre o mesmo Lawson) faz uma homenagem respeitosa ao autor: "Comparada à Lei da Penetrabilidade e do Movimento em Zigue-Zague e Redemoinho de Lawson, a lei da gravidade de Newton se torna um exercício de escola elementar, e as descobertas de Copérnico e de Galileu não são senão grãos infinitesimais de saber."

"O nascimento de Lawson foi o acontecimento mais importante de toda a história da humanidade", comenta imodestamente Lawson. Esse acontecimento se verificou, em Londres, em 1869. Mudando-se com os pais para Detroit, com 4 anos de idade, o estudioso se deparou com sua primeira descoberta científica fundamental: ou seja, descobre que é sempre possível fazer sair pela janela a poeira presente no quarto, servindo-se somente da pressão do ar nos pulmões; quando, ao contrário, se usa a aspiração, o pó volta para o quarto. Tira, portanto, do fenômeno uma primeira intuição dos dois princípios elementares que regulam o movimento do universo: Aspiração e Pressão.

Fugido de casa, exerce muitas profissões e com 19 anos se torna jogador profissional de beisebol. Em 1904, publica um romance, que um crítico específico intitula como *O pior romance do mundo*. Em sua autobiografia, Lawson revela, por outro lado, que para muitos outros críticos essa sua primeira produção é o maior romance jamais concebido por uma mente humana. O romance narra, sem evitar a repetição nem a desordem, como o autor conseguiu se livrar do vício do fumo; foi traduzido em alemão, francês e japonês.

Terminado o romance, Lawson se dedica à aviação e funda a Lawson Aircraft Corporation (de fato, foi ele quem cunhou o vocábulo *aircraft*, literalmente embarcação aérea, que hoje é sinônimo de aeronave em inglês). Em 1919, inventa, projeta e constrói o primeiro avião para passageiros. Em 1921, um desses seus aparelhos cai na terra; Lawson se retira da indústria aérea para se dedicar à sociologia, criando a Fundação Benfeitora da Humanidade, com sede em Detroit.

De repente fica rico e famoso por mérito de um novo culto econômico de sua invenção: a Sociedade do Crédito Direto. Como ilustração desse seu sistema de crédito direto, Lawson publica dois volumes: o primeiro, em 1931, o segundo, em 1937. O autor defende a abolição do capital e a supressão de juros: essas duas únicas medidas serão suficientes para livrar o mundo da tirania do dinheiro e dos especuladores. A revista do movimento, intitulada *O Benfeitor*, alcança rapidamente uma tiragem declarada de sete milhões de cópias; por sua parte, a Sociedade do Crédito Direto atrai dezenas de milhares de partidários; em seus encontros eles vestem divisas e boinas brancas e uma faixa vermelha a tiracolo.

No dia 1º de outubro de 1933, Lawson fala por duas horas sem intervalo para 16 mil pessoas no estádio Olympia, de Detroit. Com o encerramento da manifestação, todos os participantes cantam em coro um hino composto para a ocasião; cada estrofe termina com o refrão:

Alfred William Lawson
é o máximo dom
que Deus fez ao hom.

Em 1942, agora riquíssimo e por volta de seus 73 anos, Lawson adquire a Universidade de Des Moines, vasto complexo escolar, fechado desde 1929, para hospedar a Universidade de Lawsonomia. Os únicos textos de estudo admitidos na nova Universidade são aqueles escritos pelo magnífico reitor. Os professores de Lawsonomia são chamados de Sapientes, e os Sapientes máximos, de Generais. Os cursos são gratuitos; a Universidade retira boa parte de seus fundos da venda de material residual de guerra. Como o reitor alimenta um ódio particular pelos cigarros e pelo fumo em geral, manda demolir a chaminé da instalação de aquecimento: a fumaça será, em seguida, escoltada a distância e feita desaparecer mediante canalizações e galerias subterrâneas.

Aos estudantes não é permitido comer carne; são, além disso, obrigados a ingerir, ao lado da salada cotidiana, um certo percentual de vegetação do prado. Devem dormir nus e ao despertar são obrigados a mergulhar a cabeça na água fria. Dentro do perímetro da Universidade são proibidos os beijos, por causa dos micróbios. Esse ascetismo monástico parece, em parte, compensado pela iconoclastia dos estudos.

Por definição de Lawson chama-se de Lawsonomia: "O estudo da Vida e de tudo aquilo que diz respeito à Vida." O estudante de Lawsonomia deve renunciar a todas as ciências oficialmente reconhecidas, consideradas frívolas e mentirosas. "Os princípios fundamentais da física ficaram desconhecidos até serem descobertos por Lawson", explica o próprio Lawson.

A energia, para começar, não existe. O universo é constituído de substâncias de maior ou menor densidade, as quais se movem segundo os dois princípios elementares lawsonianos já mencionados: Aspiração e Pressão. Sobre esses princípios se funda a Lei da Penetrabilidade, eficazmente complementada pelo importante terceiro princípio do Movimento em Zigue-Zague e Redemoinho, que determina o movimento de toda molécula. Para estudar esses movimentos imensamente complicados, Lawson propõe a criação *ab initio* de uma Matemática suprema, completamente nova.

Todo o mundo é regulado pela Aspiração e Pressão. A luz penetra no olho por aspiração, e do mesmo modo o som no ouvido. A força de gravidade não é senão a aspiração da Terra. À luz das leis lawsonianas, todos os problemas da física se resolvem sozinhos. Também no campo da fisiologia: o ar penetra por aspiração nos pulmões, a comida no estômago, e por aspiração o sangue escorre pelos membros. Nossas excreções, ao contrário, são devidas à pressão. O redemoinho vital subsiste até que a aspiração e a pressão interna se equilibrem; tão logo esse equilíbrio é rompido o redemoinho cessa e sobrevém a morte.

A Terra também obedece aos dois princípios. Através do éter circula outro elemento ainda mais sutil, o Leséter, ou seja, o éter de Lawson. A diferença de pressão entre o éter e o leséter provoca uma forte aspiração, que vai acabar num buraco nos arredores do Polo Norte; um longo tubo perfura a Terra, de um polo ao outro, e desse tubo se propagam as artérias que dão vida a todas as partes do planeta, com as veias que fazem retroceder os materiais de rejeição do organismo Terra. O Polo Sul é o ânus do globo, de onde são eliminados os gases de descarga, por simples pressão.

Também o sexo, nos homens como nos animais, é regulado pela aspiração e pressão; a aspiração é a fêmea, a pressão, o macho. A força magnética não é senão uma forma degradada de atração sexual. No cérebro existem criaturas minúsculas chamadas de Menorg (proveniente de "mente-organizadora"), às quais cabe a tarefa de dirigir as operações mentais. Somente para mover um braço devem ser colocados em ação milhares de Menorg, todos governados por um pequeno Chefe-Menorg. Além desses, existem no cérebro os Disorg, ou seja, os desorganizadores, que infectam suas células e se encarregam de destruir tudo o que os Menorg constroem.

Como o reitor Lawson se recusava a pagar as taxas, o fisco o obrigou, em 1954, a colocar em leilão sua Universidade, a qual foi comprada por 250 mil dólares e, depois, transformada em supermercado.

# Jesús Pica Planas

O inventor, no sentido moderno do termo, é uma invenção do século XIX; como quase todas as coisas desse século, ele alcançou sua perfeição no século XX. O inventor profissional é um homem – muito raramente é uma mulher – dedicado ao projeto e ao teste de aparelhos que assustam por sua inutilidade; os Escritórios de Patentes conservam exemplos memoráveis deles, entre os quais um dispositivo para erguer automaticamente o chapéu sem levantar a mão, quando passa uma dama. Desses imaginativos talvez o mais fecundo, o mais inservível, foi Jesús Pica Planas, natural de Las Palmas, nas Canárias.

Diante de um mar sempre benévolo, sob um céu assustadoramente semelhante a si mesmo, de janeiro a dezembro, de costas ao tédio de uma cidade que vê passar o mundo sem poder tocá-lo, Pica Planas desenhava; de fato, poucas vezes seus mecanismos chegavam ao estágio material. Entre 1922 e 1954 (ano de sua morte), não distante da igrejinha indecorosa em que pregou Colombo antes de partir para a América, em seu pátio com cravos e azulejos, entre gatos enormes e cochinilhas, o inventor inventou:

Um sistema completo de pantógrafos preênseis, automotores, para ajudar o sacerdote a celebrar sozinho a missa.

Uma armadilha para ratos em forma de célula fotoelétrica e guilhotina para ser instalada diante do buraco.

Um piano a vapor, completamente semelhante a uma pianola, acionado por um pequeno compressor a petróleo inserido no lugar dos pedais.

Um relógio movido a vento, tipo moinho, adequado para faróis, montanhas altas e outros lugares inóspitos.

Uma estufa a base de imundícias, lixos, papelões e restos de comida.

Uma bicicleta com rodas levemente elípticas para imitar de modo prazeroso o trote do cavalo.

Uma espécie de funil articulado para plantar rabanetes com notável economia de tempo.

Uma redoma de tela encerada, dobrável, com um buraco para a cabeça, para desnudar-se na praia sem ser visto.

Um dispositivo elétrico com campainha para advertir quando a torneira está mal fechada.

Uma lavadora movida a pedal, em seguida ultrapassada por uma lavadora a lenha.

Um prato especial com estrias para comer aspargos.

Uma carteira com corrente e cadeado antifurto.

Um tubo-regador com jato de água contínuo para molhar persianas e corrediças com objetivo de refrigeração.

Uma fralda elástica hermética para cadelas no cio.

Um novo tipo de alicate de madeira, para recolher os fios de alta tensão caídos ou perigosos.

Um roupão de praia com aquecimento a manivela, acompanhado de um moinho de areia de alta fricção operado manualmente; o calor é canalizado do moinho ao roupão mediante uma rede de tubos de borracha.

Uma vela em espiral, para honrar as imagens sagradas, com eixo horizontal rotatório movido por um mecanismo de relógio, duração garantida de 42 horas.

Uma arma química secreta, consistente de uma poderosa zarabatana com flechas sutis munidas de ampolas de ácido cianídrico.

Uma caixa para cigarros com isqueiro, que faz sair um cigarro por vez e aceso.

Um silenciador total para aviões, fundado no princípio do edredom embutido.

Uma pistola que atira fogos de artifício de algodão ou de papel, para o Carnaval.

Um telefone múltiplo, para conversas amigáveis ou brincalhonas com até cinco pessoas.

Um relógio elétrico ligado a um cintilador que a cada quinze minutos emite uma cintila de modo a prevenir explosões catastróficas no caso de fuga de gás (a explosão integral é, portanto, dividida em trinta ou quarenta pequenas explosões sem grandes consequências).

Um sistema de campainhas seletivo, para diferenciar se a pessoa que bate é um visitante importante, uma pessoa sem importância, um chato ou o carteiro.

Uma bengala de passeio com conta-passos: todas as vezes que se toca a terra com a bengala dispara o contador inserido no cabo ornamental.

Um par de sapatos com conta-passos, idem.

Um depenador automático de galinhas a vapor, regulável também para os perus.

Um calendário perpétuo, esférico, rotatório, de um metro e meio de diâmetro.

Uma escrivaninha com doze estantes dispostas em forma de anfiteatro.

Um espeto de churrasco a petróleo, madeira e serragem, em seguida superado pelo espeto tipo nora movido por quatro tartarugas.

Um aparelho para encrespar os cabelos com ferro de passar.

Um par de óculos com pequenos espelhos laterais retrovisores para ver se alguém nos segue, sem precisar virar a cabeça.

Um embaralhador automático de cartas.

Uma pequena rotativa tipográfica movida por um ou mais balanços coaxiais ocupados por crianças.

Uma piscina em forma de anel, com desníveis e tapumes reguláveis, para a criação de salmões em casa.

Uma bomba de água freática para hotel ligada à porta giratória da entrada, acionado pelos hóspedes sem custos.

Uma carruagem-automóvel tipo pompas fúnebres com cortinados e decorações brancas ou celestes para levar para passear, sob o vidro, os doentes do hospital ou os loucos do manicômio local pela rua principal de Las Palmas e lugares panorâmicos semelhantes.

Um binóculo polarizado por eclipses de sol.

Um serviço de correios pneumáticos submarinos entre Las Palmas e Santa Cruz de Tenerife.

Um mecanismo antifurto que lança sobre o ladrão um violento jato de verniz verde perpétuo extremamente malcheiroso.

Uma mesa de almoço com asinhas ou saliências para apoiar os cotovelos.

Um pequeno para-raios individual para cabeças de rebanho no pasto.

Uma rede de boias de profundidade, com alarme automático para anunciar a passagem de cardume de sardinhas.

Um fole de ferreiro para ser colocado à beira do mar sobre pilastras, acionado pelas ondas por meio de um flutuante de arame batido (diâmetro de aproximadamente um metro) ou de borracha.

Um tinteiro mesclado com tintas de cinco cores: vermelho, verde, amarelo, azul, violeta, para escrever pergaminhos artísticos ou cartas engraçadas de todas as cores.

Uma serra dupla a frio infinita, regulada por roda de moinho Halladay.

Uma mola a disco de carbeto de silício de alta velocidade, para ser colocada dentro do cofre, para cortar as mãos dos ladrões.

Uma massa econômica ou argamassa de ossos de bezerro, cavalo, cordeiro, galinha e peixe de descarte com objetivo de pavimentação estradal.

Um novo tipo de garrafa com duas tampas, uma no alto e outra na base, para agilizar sua lavagem.

Um bonde com turbina a vapor.

Um código cifrado militar emparelhado com o resultado semanal da Loteria.

Um novo tipo de peruca de passeio que, em vez de ficar presa à cabeça, fica fixada na aba do chapéu, com objetivo ornamental ou galanteador.

Um elevador de segurança com portas nos quatro lados, regulador manual de posição e guia de cremalheira, bloqueadora mediante cunhas ou estacas interiores apropriadas, no caso de ruptura do cabo.

Uma pasta de dente de arruda contra o vício do cigarro.

Um aparelho de pregar botões de emergência, à base de grampos de metal inoxidável.

Uma cloaca para cada idade, com descarga hidráulica e alavanca manual para baixar ou subir o assento na altura correta.

Um sistema de balão de pesca na superfície com rede de arrasto.

Uma armadilha antibarulho para gatos apaixonados, forrada internamente de amianto e cortiça.

Uma ponte de bolso de alumínio furado, levíssimo, montável automaticamente, para uma única pessoa, para ser transportado dobrado na mochila.

Um ônibus movido a hélice.

Uma bicicleta tandem para cinco pessoas, sanfonada, adequada para percursos com curvas estreitas.

Um pequeno condensador centrífugo de mesa, para distribuir a mistura de azeite e vinagre na salada.

Um ventilador a jato monolocal para fazer balançar a bandeira nacional quando não houver vento.

Uma máquina de costurar acionada por uma roda de água subaxial.

Um acumulador de calor, feito por um único cubo de material refratário, de um metro de lado, colocado no centro do quarto, aquecendo durante o dia mediante fogareiro subjacente, a carvão.

Um contador de água musical a corrente de Foucault.

Uma maquininha para restabelecer as pontas dos palitos de dentes usados.

Um calibre para verificar periodicamente o diâmetro e a circunferência dos abajures.

Uma cisalha de perfil adaptável, tipo queda livre gravitacional, para usos cirúrgicos (amputação *et cetera*).

Um novo tipo de divisória para-raios, constituída por duas lâminas de compensado forradas de lascas de aço paramagnético.

Uma broca de ponta macia para dentistas.

Uma linha de montagem horizontal com trenó comandado por cremalheira ou mediante parafusos e porcas para o acabamento de talharim e outras variedades de massa segundo o gosto italiano.

Um mosquiteiro metálico ventilado internamente, com suspensão de roldanas em eixo rotatório ligado a um toque ou caixinha de música.

Uma grua fúnebre a vapor, camuflada de anjo, arcanjo ou São Cristóvão, para baixar ou subir caixões, no fosso ou concha.

Uma hélice de barca com uma única pá (para reduzir o atrito).

Um automóvel quase totalmente de borracha, contra acidentes.

Um alto-forno de jardim, para se desfazer rentavelmente de caixas, latinhas e ferros velhos.

Um interruptor amarrado ao pé, para não dormir com a luz acesa.

Um dispositivo a moto-perpétuo, realizado por um conjunto de balas de canhão que engenhosamente fazem girar por gravitação uma nora de colheres de ferro, tudo imerso em azeite virgem.

# Félicien Raegge

Pelas ruas desertas de Genebra, Félicien Raegge teve a intuição da natureza irreversível do tempo; uma frase de Helvétius, não muito original, lhe deu a chave: "Os antigos somos nós." Que por convenção tácita quase todos os pensadores e estudiosos estivessem de acordo em chamar de antigos os primeiros homens – paleantropos os primeiríssimos – e de novos os empoeirados, decrépitos contemporâneos, significava obviamente uma coisa: que o tempo da Terra, isto é, o tempo da raça humana, segue inversamente de como quer fazer crer a língua popular. Ou seja, do presente ao passado, do futuro ao presente.

O inglês Dunn, o espanhol Unamuno, o boêmio Kerça já tinham acenado tal inversão: Unamuno, para tirar dela apenas uma boa metáfora para um soneto; Kerça, uma comédia que inicia pelo fim e termina pelo começo; Dunn, a ideia de que, aliás, implícita na oniromancia, os sonhos são, na realidade, lembranças de um futuro já realizado. Sobre esse tema o pensador inglês já havia escrito um tratado, o qual recebeu muitos consensos, mas jamais convenceu plenamente ninguém de que o verdadeiro destino de todo homem seja o de tornar-se criança, que os dias do sábio percorrem em direção à ignorância, e que sendo as assim chamadas lembranças do passado somente um sonho, o único e verdadeiro sonho, não podemos absolutamente saber quem somos nem quando nascemos, porque não nascemos ainda.

Esses e outros especuladores que se aproximaram do tema apenas o tocaram ligeiramente, poderíamos dizer, para logo depois se distanciarem dele, preocupados pela pouca transitabilidade de suas consequências; ou se adentraram nele como alguém que se aventura num pântano, bem preso com cordas e torniquetes à terra fixa, de modo que pudessem escapar no momento oportuno.

Ninguém que tenha escrito um ensaio, ou um livro do gênero, o escreveu com a convicção sincera de apagar um texto existente há séculos, com o único objetivo, por fim, de desaparecer totalmente pela circulação e de se reencontrar alguns meses mais jovem e mais pobre que antes de certas experiências. Como aconteceria se o tempo seguisse invertido. Esse foi, no entanto, o mérito de Raegge: o de aceitar profundamente as consequências de sua teoria e de viver conforme suas implicações.

Não se tem teoria sem a vontade de comunicá-la. Humano, simplesmente humano, também Félicien Raegge escreveu seu livro, previsivelmente intitulado *La Fleche du temps*, menos previsivelmente impresso em Grenoble, em 1934. Consciente, porém, é conveniente reforçar, de abolir de modo irrevogável a melhor explicação até aquele dia existente do caráter retrógrado do tempo. Confortava-o, insinua, a ideia de que todas as ideias estão destinadas a desaparecer: basta esperar o momento de sua insurgência; um instante depois, no fluxo retrocedente dos séculos, a ideia vira fumaça. O homem se torna, de fato, antigo, alcança estágios de magia banal, e um dia, por fim, se descobre mudo, talvez rosnento.

A inversão do tempo leva quase fatalmente a uma espécie de determinismo: se o sonho daquilo que chamamos passado é um sonho real, muito daquilo que acontecerá já é sabido: sairão das 23 feridas de um cadáver no fórum de Pompeu as espadas de notáveis conjurados e, falando latim invertido, conversarão o morto e Cícero.

Outros fatos ainda serão mais determinantes: pois, agora, existem as tragédias de Shakespeare, e um dia, em Londres, um homem sempre mais desconhecido deverá aboli-las uma por uma, do fim ao início, com a caneta; depois disso o teatro será uma arte diferente, muito mais pobre. E num outro dia, ainda distante, alguém se levantará da tumba de Teodorico e irá viver algum tempo como rei da Itália, até que não a tenha conquistado (perdido).

Desses exemplos e muitos outros do gênero é feito o livro de Raegge. Um livro coerente, um livro honesto: sobre o futuro não tem muito o que dizer, sendo o futuro a imensa massa desconhecida daquilo que já ocorreu, que o presente apaga como uma esponja. Quando a esponja chegar ao passado, este também será apagado. O destino último do homem é a perfeição primitiva, a gagueira estúpida e autoral da criação. Lá pelo fim de seu livro, o autor não deixa de advertir que o fato de inverter a flecha do tempo não acrescenta nem retira nada do universo temporal, tal como o conhecemos e percebemos. Como depois escreveu (como já havia escrito) Wittgenstein: "Chamem-no de sonho, não muda nada."

NOTA

Quase todas as particularidades aqui mencionadas referentes a Babson, Lawson e Hörbiger foram retiradas da seleção de Martin Gardner *In the Name of Science* (Dover); da mesma fonte provêm Littlefield, Carroll, Kinnaman, Piazzi-Smyth, Lust e os defensores da terra vazia. Carlo Olgiati é o bisavô do autor. Armando Aprile, na realidade, tem o mesmo nome de um conhecido editor de livros de pedagogia. O diretor Ll. Riber não é para ser confundido com o homônimo poeta de Maiorca.

# UM ITALIANO PÓSTUMO DE BUENOS AIRES

por Joca Reiners Terron

Sob certo aspecto, Juan Rodolfo Wilcock foi a personificação daquela conhecida anedota a respeito de nossos vizinhos, que afirma que o argentino é um italiano que fala espanhol e pensa que é inglês. Filho de pai inglês e de mãe descendente de italianos, nascido em Buenos Aires em 17 de abril de 1919 e morto em Lubriano, Itália, em 1978, Wilcock, entre uma data e outra, escreveu sua excêntrica obra quase exclusivamente na língua de adoção, anotando seu nome na curta lista de casos de dupla nacionalidade literária que já incluía o polonês Joseph Conrad (que adotou o inglês) e o irlandês Samuel Beckett (cujas principais obras-primas foram compostas em francês).

No entanto semelhanças entre piada e sujeito param aí, nesse ponto limítrofe entre origens familiares e expatriamento que, mais do que espicaçar o alvo do humor (e para que, afinal, servem as piadas?), indica por parte de quem alveja um enorme desconhecimento acerca da formação desta imensa colônia europeia chamada América do Sul, ou pior: exibe laivos de um chauvinismo inexplicável a não ser sob deplorável ótica nacionalista, e que explica um bocado a postura etnocêntrica do Brasil – curiosamente, o maior caso de miscigenação do continente, inclusive literária – em relação à cultura hispano-americana. Como se sabe, o pior cego é aquele que não quer ler.

## METAMORFOSE LINGUÍSTICA

Em 1957, ao se transferir em definitivo para a Itália (em decorrência de sua insatisfação com os rumos da política peronista), e após traduzir ele próprio parte de sua produção ficcional precedente ao italiano, Wilcock escreveu ao amigo Miguel Murmis: "Vejo a Argentina como uma imensa tradução." Não é possível saber se Wilcock conheceu a referida anedota brasileira, mas se divertiria com ela? *Por supuesto que sí*, embora o domínio da expressão poliglota não fosse incomum em um período tão rico em humanidades e migrações como o início do século XX, casos de metamorfose linguística como o dele e os citados Conrad e Beckett são raríssimos na história da literatura.

Romancista, contista, poeta, ensaísta, dramaturgo e tradutor (traduziu ao italiano mais de cem títulos do espanhol, inglês, alemão e francês), autor anônimo (escreveu diversas obras sob pseudônimo), o ítalo-portenho sabia que o argentino é mesmo uma mistura adúltera de tudo, de raças europeias e indígenas aculturados, e que a literatura pátria refletia tal condição de impermanente estrangeirice. Para tal, vale recordar que Jorge Luís Borges, sem dúvida o maior autor argentino do século XX, leu pela primeira vez o *Quixote* em tradução ao inglês, assim como Roberto Arlt formou sua dicção pessoal por meio de traduções de má qualidade do francês da literatura russa.

Na juventude, foi crucial para sua formação a proximidade com Adolfo Bioy Casares, sua mulher Silvina Ocampo e o descendente de irlandeses J. L. Borges. Órfão precoce, Wilcock foi criado pela avó suíça e o avô inglês no bairro de Flores, além de ter estudado por algum tempo em internato na Suíça. Formou-se engenheiro com louvor, chegando a trabalhar com engenharia ferroviária, porém logo abandonou ambos – a engenharia e os louros – pela poesia neorromântica que praticava então e por sua intensa dedicação à literatura.

## A MULHER MISTERIOSA

Bioy e Silvina, por quem o jovem poeta alimentou verdadeira devoção (chamava-a "a mulher mais misteriosa de Buenos Aires"), foram responsáveis diretos pelo retorno de Wilcock à Europa, em 1951, quando viajaram em trio a Londres, e também por financiar sua partida para a Itália em 1957: em uma noite de ópera no Teatro Colón, Bioy o presenteou com a passagem de ida. Silvina Ocampo, com quem Wilcock compartilharia a autoria de *Los traidores* (1956), levou-o ao porto de Buenos Aires, permanecendo inconsolável após sua partida: eram grandes amigos.

O senso de humor iconoclasta de Wilcock, aliado a seus hábitos sexuais pouco ortodoxos, não coabitava muito bem com os tempos bicudos de Perón. Apesar de sua poesia inicial apelar ao mitológico e ao não dito para abordar o amor homoerótico, com referências veladas a Antínoo e Endymion e menções a Tennyson, ele precisava escapulir da Argentina para sair em definitivo do armário. A propósito, sua produção poética da juventude foi marcada, segundo David William Foster em *Latin American Writers on Gay and Lesbian Themes* (1994, Greenwood, EUA), "pela necessidade de esconder seu amor de todos, menos do amado".

Com a morte de sua avó e a progressiva necessidade de se sustentar financeiramente sozinho, para se virar em Buenos Aires, Wilcock traduziu Kafka, Dino Buzzatti, T. S. Eliot e Graham Greene, entre outros. Eliot e Greene, segundo consta, enviaram-lhe livros com dedicatórias em agradecimento por seu excelente trabalho. Também consta que, ao partir, Wilcock abandonou os valiosos livros autografados para trás, mesmo diante da reprovação de seu amigo, o fotógrafo Pepe Fernández. "Também retirou todos os seus livros das livrarias, porque desejava que se esquecessem dele", disse Pepe em entrevista ao *La Nación*.

## ANEDOTAS VERDADEIRAS

Na Itália, além de publicar uma dezena de livros na língua de chegada, Wilcock tornou-se amigo de Pier Paolo Pasolini e Alberto Moravia, chegando a atuar no *Evangelho segundo São Mateus*, dirigido pelo primeiro em 1964, no papel de califa. Também foi amigo de Elsa Morante, Eugenio Montale e Vittorio Gassman, que a seu respeito registrou uma boa história em suas memórias: certo dia, o ator e diretor Gigi Proietti foi até a casa de campo isolada de Wilcock em Velletri para sondá-lo acerca de uma possível tradução do *Fausto*, de Marlowe, que gostaria de lhe encomendar.

Conta Gassman: "Wilcock expunha suas ideias com uma voz tranquila, quando um gato cruzou o cômodo dizendo claramente: 'Vou embora porque vocês estão me chateando.' O escritor continuou a falar imperturbavelmente. Ao cabo de um instante, Gigi não aguentou mais e perguntou, estupefato: 'Mas… acabo de ver passar um gato, não?' 'Sim, sim, é o meu gato.' 'Imaginei que sim, mas ele fala?' E Wilcock, secamente: 'Sim, mas nem sempre. Como estávamos falando, o *Fausto*...'"

Como se lê, anedotas são fundamentais para se compreender a essência do homem misterioso que foi Wilcock. E ao escolherem a lenda em vez da realidade, seus amigos o perpetuaram por meio de histórias episódicas e talvez apócrifas. Em diversos instantes de sua vida, o próprio Wilcock direcionou a perspectiva pela qual gostaria de ser lembrado. Retirar seus livros de poemas das livrarias de Buenos Aires não passou de estratagema para fazer desaparecer aquele poeta neorromântico de sua juventude, possibilitando que na Itália se voltasse para a prosa, escrevendo dramaturgia, romances, crítica e relatos como os deste livro, além de uma poesia de talhe menos clássico.

## VIDAS IMAGINÁRIAS

*A sinagoga dos iconoclastas* foi publicado originalmente em italiano pela Adelphi Edizioni em 1972. As trinta e seis existências inventadas destes personagens remontam, sem dúvida, às *Vidas imaginárias* de Marcel Schwob, livro publicado em 1896. Dele, Schwob afirmou que "a ciência histórica nos deixa na incerteza sobre os indivíduos. Ela só nos revela os pontos pelos quais eles se ligaram às ações gerais (...)" e, portanto, "a arte está no oposto das ideias gerais, só descreve o individual, só deseja o único. Ela não classifica: desclassifica".

Da ciência literária de Schwob, baseada em falsas minúcias da vida cotidiana de seres reais, dos detalhes apagados pela história que supostamente desencadearam grandes resoluções e episódios incontornáveis, Borges criou sua arte inicial, principalmente aquela de seu volume de estreia, *A história universal da infâmia* (1935). A partir desse método curioso no qual "os protagonistas são reais; os feitos podem ser fabulosos e não poucas vezes fantásticos", como afirmou Borges, surgiu toda uma tradição da qual Wilcock se apropriou com fúria e humor letal: entre suas criaturas mais absurdas, sábios, teóricos e utopistas, o catalão Llorenz Riber, encenador teatral, protagoniza feito dos mais hilários: adaptar as *Investigações filosóficas* de Wittgenstein para o teatro; ou recordemos então de Socrates Scholfield, que inventa um mecanismo capaz de comprovar a existência de Deus. Diferentemente da sutileza de abordagem de seus antecessores, Wilcock adota a plausibilidade existente no grotesco para testar os limites tênues entre a ciência e a loucura através da arte.

No final de sua vida, Wilcock passou anos habitando uma casa de campo muito simples nos arredores de Lubriano, em condição de pobreza e distante do cenário intelectual de Roma. Nesse período, traduziu Flaubert, Joyce e Borges ao italiano, entre outros, e escreveu uma coluna de crítica teatral no *L'Osservatore Romano* sob o pseudônimo de Matteo Campanari. Conta o encenador Sergio Longobardi, responsável pela montagem da peça *Elisabetta e Limone*, em 2009, que "em um dado momento, Wilcock, que odiava o teatro, passou a escrever resenhas de peças inventadas. Inventava tudo, desde o nome dos atores ao diretor. Isso em pleno jornal do Vaticano". É verdade também que, em certo ponto, o próprio Wilcock passou a enviar textos ao *L'Osservatore Romano* refutando as críticas de seu alter ego Campanari...

Em 1975, com duas décadas de Itália nas costas, Juan Rodolfo Wilcock solicitou cidadania italiana. De modo semelhante a uma das muitas anedotas que os amigos contavam a seu respeito, obteve-a somente em 1979, um ano após sua morte.

Este livro foi impresso na Editora JPA Ltda.,
Av. Brasil, 10.600 – Rio de Janeiro – RJ,
para a Editora Rocco Ltda.